全民微阅读系列

父 子 约

韦 名 著

江西高校出版社

图书在版编目（CIP）数据

父子约/韦名著. —南昌:江西高校出版社,2020.8
（2024.9 重印）

（全民微阅读系列）

ISBN 978 - 7 - 5493 - 9028 - 1

Ⅰ.①父… Ⅱ.①韦… Ⅲ.①小小说—小说集—中国—当代 Ⅳ.①I247.82

中国版本图书馆 CIP 数据核字（2019）第 209564 号

出 版 发 行	江西高校出版社
社　　　址	江西省南昌市洪都北大道 96 号
总编室电话	(0791)88504319
销 售 电 话	(0791)88522516
网　　　址	www.juacp.com
印　　　刷	北京一鑫印务有限责任公司
经　　　销	全国新华书店
开　　　本	700mm×1000mm　1/16
印　　　张	14
字　　　数	180 千字
版　　　次	2020 年 8 月第 1 版
	2024 年 9 月第 2 次印刷
书　　　号	ISBN 978 - 7 - 5493 - 9028 - 1
定　　　价	58.00 元

赣版权登字 -07 -2019 -804

目录

CONTENTS

老　街

温煦的阳光横斜在老街上，光影斑驳，光怪陆离。

老街不大，两排骑楼间石板铺就街面，狭长而逼仄。老街也不老，仿古建造，建成没几年。

老街大多卖字卖画，客不多，甚是冷清。

这年中秋前，冷清的老街来了一男一女，租住在街尾。男的光头，60岁光景，卧蚕眉下一对虎眼，给人感觉很强悍，很精干。女的三十出头，长得粉嫩，如画里人一样。这一男一女，看似父女，又像夫妇。俩人住在老街，不卖字画古董，倒是弄来了京胡、二胡、月琴、三弦等唱戏的家当。

海岛冰轮初转腾，

见玉兔，玉兔又早东升。

那冰轮离海岛，

乾坤分外明，

皓月当空，

恰便似嫦娥离月宫……

月圆中秋，老街如洒水银，一地雪白。寂静的老街街尾突传《贵妃醉酒》，余音袅袅，情真意切，如听天籁。

翌日，街尾再传京腔：

奉王旨意到秦邦，

登山涉水马蹄忙，

耳听得金鼓咚咚震天响，

不觉来到了秦国边疆。

看关口旌旗招展刀枪明又亮，

儿郎个个逞豪强……

一曲《将相和》让整条老街的人屏声静气。

说也怪，往后每日阳光横斜时，这一男一女必唱一曲。唱毕，收拾唱戏家当关门，不做生意，不与人往来，甚是神秘。

神秘的男女用京剧征服了一街人。每日阳光横斜时，老街骑楼下，男男女女自挑板凳，从街尾排到街中，候戏。听毕，起身，掸掸衣服，挑起板凳，开铺的开铺，干活的干活。

如是数月，老街人听戏，看如画的女人，却不知这一男一女的来历。

冬日横斜在老街上的阳光被北风吹得软绵绵的。正当一街人沉浸在《空城计》里敌军重重包围的惊险中时，不知谁喊了一句："着火了！"

一街人乱成一团。一句"进得城来听我抚琴"咽回了肚里，男人提起水桶，女人端上脸盆，冲向火场。

火借风势，势不可当。有人啼哭，有人喊叫："里面有人！"男人扔下水桶，冲进火海。不一会儿，男人背着一个女孩冲出来，男人的卧蚕眉被烧光了，女孩眼睛睁得大大的，一动不动……

冬日老街上的这场火，让老街人再次听戏时，对这对男女多了几分敬佩。男人女人却神秘依旧，每日阳光横斜时开门唱一场，什么《长坂坡》《霸王别姬》《定军山》，天天不重复，唱毕关门。

老街人的日子就在这听戏唱戏中悄悄流逝。

一日，一街人守到日上三竿，男人女人还没开门唱戏。

两年了，男人女人天天准时唱戏，一街人也天天排排坐听戏看人，今天怎么啦?!

一扇漆黑紧闭的铁门静静伫立在街尾，像个大大的问号，吊起一街人的疑问。等不及的恋恋不舍起身走，一天里如同丢了魂一般。坐在漆黑大门对面的大眼睛女孩却一直守到日上中天。

如是数日，街尾少了唱戏的和听戏的，老街恢复先前的冷清。大眼睛女孩却天天守到日上中天。

约十日后，街尾再传戏声：

人呐喊、胡笳喧、山鸣谷动，杀声震天。

一路行来天色晚，

不觉得月上东山……

老街人如战士闻号角，急急奔向街尾，听个真切!

戏如旧，靠近街尾的却看到昔日粉嫩如画中人的女人数日不见，苍老如家中女人。

听戏的知足，看人的却惆怅了。

半个月后，那扇漆黑紧闭的大铁门又锁住了门里如画的女人和婉转动听的戏。

往后半年，漆黑的铁门开了关，关了开，一街人的心情如铁门开关，一时欢愉一时惆怅。

又是一个月圆中秋，明月却躲进黑云里，无情无义。

漆黑的老街，突然从街尾传来男人的唱戏声。多日未闻戏声的老街人兴奋异常，纷纷赶往街尾，漆黑的大门打开了。

戏是好戏,却声声如泣。女人还是那如画的女人,却已是白布裹身,没能和男人对戏了……

漆黑的大门对面,大眼睛女孩泪流满面。

送别了女人,男人收拾东西准备要走。老街人始终不知道男人和女人从哪里来,要去哪里。只知道男人曾经是教授,女人是他的学生。男人有才,女人多病,他们到过很多很多地方……

男人离开时,天蒙蒙亮,下着小雨。背着背囊的大眼睛女孩急急赶来,紧紧地跟在男人身后。

没了戏听,老街冷清如初。温煦的阳光横斜在老街上,光影斑驳,光怪陆离。

戏痴李老三

城不大,如一大铁锅平放在地上,锅沿四周是高高的山,锅底略略平缓的地方便是城。城人戏称为锅城。

锅城人好戏,由来已久。城志载曰:"梨园婆娑,无日无之……举国喧阗,昼夜无间。"

早年,举凡城里庙会、祭祀或富人家红白喜事,无不搭台唱戏,热热闹闹。当年的锅城,戏是无日不演,看戏呢,则是通宵达旦。

可自从锅城人热衷于办企业挣大钱,过上了快节奏的生活,锅城演戏几近销声匿迹,慢节奏的戏也几乎无人问津。

城南李老三却是热衷依旧,不仅爱听,更爱唱。

李老三,原名李阿山,独喜潮剧《柴房会》,因钦敬戏里正直、善良、诙谐、幽默的李老三而改名。

《柴房会》是一出经典潮剧，讲的是和锅城一样的小城的一个小商人李老三夜宿客栈柴房，半夜遇鬼魂莫二娘，正直善良的李老三怜悯莫二娘的悲惨遭遇，毅然助其复仇的故事。

"为生计，走四方，肩膀作米瓮，两足走忙忙……"

这是《柴房会》主角李老三的开场白，李老三念得声情并茂、抑扬顿挫。

年轻时，李老三唱《柴房会》，身兼两角。一会儿是声音洪亮、字正腔圆的男声念白：

"红眠床①白蚊帐，有被又有褥，今晚真享福。"

一会儿又是悲悲戚戚、哭哭啼啼的女声唱：

"可怜奴有冤仇未雪，死为冤鬼目不瞑。求大哥助一臂，替我申冤感恩义。"

爱戏的李老三早年听遍了十里八村演出的《柴房会》，每每听完看完，回家又学又评，是一个十足的戏痴。

戏痴李老三足足等了30年，找了一个同样是戏痴的女人。女人喜听喜看却不会唱。闲暇时，李老三一字一句教女人学念学唱。

低矮的泥砖房里，常常传出《柴房会》的精彩片段。

女声：奴本是太平县莫家庄人氏，莫二娘是妾的名字。幼年不幸双亲丧，丢下奴孤苦无依。投身富家为奴团，为奴为团受尽鞭打度日如年。

男声：在富家为奴不如牛和马，我也曾尝过这辛酸苦涩味。

…………

---

① 眠床：潮汕方言，床铺。

清汤寡水的日子里，女人和李老三夫唱妇随，常引来邻居驻足听戏。夫妻俩清贫度日，生活却因戏而精彩。

即便到后来，锅城人不再爱戏，李老三和女人却如故，在低矮的泥砖房里一唱一和。

日子就在这一唱一和中悄悄流逝。

一日，农闲在家的李老三夫妇又在家拉开架势。

女声：不怕，奴自藏于大哥伞下，便能去得。

男声：天地不公，世道崎岖，恶人自在，屈死无辜，我老三越思越想，就是身无盘缠，一路上我求爹爹拜奶奶，忍饥受饿当花子，哪怕是剥破脸皮风霜苦，定教冤魂吐气把贼诛。

女声：大哥仗义恩德难忘，等候来生犬马报还。

…………

夫妻二人边走边唱。

走着，唱着，女人忽然软绵绵地靠在了李老三的肩膀上。

女人走了。

李老三右手持着一把红伞，一直为女人撑着。

送走了女人，李老三收藏了红伞和黑戏包。伞是女人先前买的道具，戏包是李老三和女人手牵手逛街时一起看中买的。李老三相信，女人自藏于伞下。李老三也自此只听戏不唱戏。

在锅城，李老三靠着录音机，一个人孤零零地听了几年戏后，经不住儿子的劝说，进城了。那是一个锅城根本无法比拟的真正的城。

在城里，李老三先是用录音机听《柴房会》。后来，磁带换成了光盘，李老三不仅有得听，还有得看。

莫二娘：(入室,见室中有异,又闻蚊帐内鼻鼾之声,揭帐探视)啊！是何方狂汉,酣睡在帐中？(莫用袖一拂,老三翻身下床)

李老三:哎呀！怎么静静跌落眠床下？(老三坐地搔首狐疑)

…………

看着电视里李老三初遇鬼魂莫二娘,戏中的李老三在两丈高的竹梯上上蹿下跳,欲逃无路,惊恐万状……李老三目不斜视,看完,想唱又不张口,一动不动,呆呆地坐上半天,恍若隔世。

一日,李老三在报上看到城里大戏院请了一个著名的潮剧团,连演三天,戏目有《陈三五娘》《苏六娘》《柴房会》……

看到《柴房会》三个字时,李老三的眼直了。

《柴房会》开演那晚,李老三收拾齐整,带着收藏多年的红伞和黑戏包,一人持两张票早早到了大戏院。

"还有一位呢?"李老三进场时,服务员问。

李老三看了看年轻的服务员,笑笑没吭声,径直入场往戏院中间走。

偌大的戏院,李老三第一个进场,显得空空旷旷的。

走到8排正中1号、2号位子——那是看戏的最佳位子,李老三在1号座位坐下,把红伞和黑戏包小心翼翼地放在2号。

红伞和黑戏包在空无一人的大戏院里格外显眼。

戏开演了。

"为生计,走四方……"

戏里,李老三朗朗上口的开场白震慑了满满一戏院的"潮粉"。

李老三在空位上身体微微前倾,聚精会神,竖耳聆听,右手却不忘抚着2号座位的红伞黑包。

莫二娘:尊一声,我的我的……大恩人!
李老三:叫一句,我的我的……冤鬼魂。
…………

台上,李老三和莫二娘边走边唱。
台下,李老三听着看着,身子忽然一软,斜靠在了2号座位上。
戏痴李老三走了。李老三是伴着他带来的红伞和黑包里自己画的一张工笔老妇人像安详地走的。
戏还在唱。

抽烟的父亲

父亲烟瘾特大。母亲说,嫁给父亲一辈子,就没见父亲睡过一个安稳觉,他一个晚上不起来抽三五支烟保准天不会亮。如果是白天,常常是烟一根接一根,父亲管这叫节约柴火。

母亲去世后,父亲进城里来住,父亲的烟瘾还是很大,常常抽得满屋子乌烟瘴气。我十岁大的儿子管爷爷抽烟叫陋习,成天嚷着要爷爷"改陋习,重新做人"。

夏天家里开空调,父亲只好自个儿每隔十几分钟就从清凉干爽的屋子溜出去,到阳台上去过瘾。对着炙热的太阳,叼着烟的父亲那陶醉的样子,真像是拾了金元宝。

烟抽多了,痰自然多。父亲咳得相当厉害。可对着光彩照人的抛光砖铺就的地板,父亲不敢像在家里一样随地吐痰,父亲于是老跑卫生间。

因为父亲有这老改不掉的不良习惯,在城里,我一般不敢带父亲出门。父亲来住了几个月,老嚷嚷这里不舒服那里不痛快。

那天,刚好我有空,我想带父亲去医院检查身体。医院离家较远,坐公共汽车要一个小时。出门前,我又交代父亲不能在公共汽车上抽烟吐痰。父亲一听一个多小时要忍这么多事,便不想去看医生。

百般哄劝,父亲才同意出门。

上车时,人多。我和父亲都站着。

一路上,我一直担心父亲会随时忍不住抽烟吐痰。

几次,见父亲清了清喉咙,我便赶紧拉了拉父亲的衣角。

父亲回头望望我,"嘿嘿"笑了一下,极不自然。

终于忍到车站,父亲刚下车站稳,右手便伸进口袋掏烟。

烟叼上了,父亲的陶醉又写到了脸上。突然,父亲咳了一下,我意识到父亲的一口痰要迫不及待地"飞流直下"。对着满街的人群,我尴尬了,赶紧从口袋里掏纸巾递给父亲……

可是,父亲还没从我手中接过纸巾,一口浓痰已经吐出来了……那口浓痰却落进了父亲空了一半的烟盒子里。

我愣了一下,对父亲笑。

父亲望着整洁的街道,也"嘿嘿"地笑:"吐下去可惜了。"

父亲把沾满黄痰的半包烟扔进垃圾箱时,一脸讪讪的表情。

回来时,车站里很多人在挤一辆刚靠站的公共汽车。父亲忽然拉着我朝人堆里挤。

我最讨厌人家不排队没秩序乱哄哄地挤公共汽车,我冲父亲嚷道:"挤啥挤。"

"不挤的话,位子没了。"父亲不满地对我说。

让年过花甲的父亲和我一道站一个多小时,我突然生出一丝愧疚……

这时,父亲已和蜂拥的人群一起挤上了公共汽车。上了车,父亲迅速在车厢里抢座位。父亲在一张双人凳子上坐下时,还不忘把右手放在另一个座位上,为我也霸一个座位。可说时迟那时快,父亲的右手还没在座位上放稳,一个小伙子已一屁股坐到父亲的右手上,痛得父亲"哇"的一声叫唤。

车一站站停,人一茬茬上,车厢内人越来越多,我被挤到了车厢尾部。

站在车厢尾部,我担心坐着的父亲"条件"宽松了会做出不合时宜的事来,一直张望着父亲,一颗心也一直悬着。

车摇摇晃晃又到一站时,一位白发苍苍的老妇人艰难地挤进车厢。尽管老妇人友善地朝着她身边坐着的人笑,可就是没人站起来为她让座。

这时,我见父亲倏地站了起来,粗着嗓门用不太标准的普通话喊老妇人:"这便(边)坐!"

几乎所有的目光都投向了父亲。父亲那头几乎和老妇人一样花白的头发在车厢里异常耀眼。

父亲和我站着到了家门口。父亲刚下车站稳,右手又伸进口袋掏烟。一包新买的"红双喜"在医院已被父亲抽了大半。

烟叼上了,父亲的陶醉又写回脸上。还没听到父亲的咳嗽声,我已把纸巾递到父亲手中……

"爸，你这么大年纪让座，想博人家喝彩？"我调侃父亲。

"你没见那老女人站都站不稳。我可比她硬朗多了。"

"那你既然要让座，上车时何苦要抢座位？"

"……"父亲沉默了一阵，"嘿嘿"笑道，"让别人悠着坐着，还不如自己坐着。这不，我博人喝彩了！"

父亲一脸的得意。

父亲住了不到半年就回乡下了。半年里，在儿子的监督下，父亲烟少抽了，痰少吐了，可就是浑身这不舒服那不爽。

父亲走时怕我误会，悄悄地说："都好，就是这儿憋气。"

父亲指了指口袋里的烟。

我一脸苦笑。

父 子 约

猛一听父亲去世，浩子居然十分平静，一点儿也不悲伤，就像春节期间家里摆放的蝴蝶兰，花开久了，谢就谢了。

收拾好行李，交代好公司的事务，浩子开车回乡下。

浩子的乡下在一个山窝里，紧挨着一个没落古城，地狭人多。村人自古脸朝黄土背朝天，过得艰辛。父亲读过几年书，在村里算是文化人，却也一辈子窝在农村侍弄土疙瘩。

车子在宽阔的马路上奔跑，头上蓝天白云，两边青山绿水，浩子开动脑筋，想在豁达的心胸里极力搜索父亲留给自己的一丝丝柔情，早已谢顶的油光脑袋涌出的却全是一幕幕心酸……

小学三年级升四年级,学校按成绩分快慢班。成绩中等的浩子被编在了慢班。校长放话,如果浩子的家长愿意来学校当面表态,家校配合,共同督促浩子尽快提高成绩,可以让浩子到快班。浩子是多么想到快班啊!他战战兢兢地把校长的意思转告父亲,得到的却是父亲冷冰冰硬邦邦的一句:"自己的事自己解决,我不会去学校求情!"就这样,浩子一直在慢班中当壮丁。

快慢班事件后,父亲交代母亲:凡事要浩子自理!

也就是从那以后,浩子自己洗衣服、补衣服,自己上街买大白纸回来切成练习本,做作业做练习。

一次,浩子的冬裤脱了线。浩子自个儿在光线暗淡的屋子里缝补。冬裤原本就厚,叠起来更厚。浩子拿着针怎么也穿不透裤子,便将针眼顶在大腿上,隔着自己厚厚的衣服压顶。压了几次,针没穿过去,针眼倒是在他的腿上留下了几个血印,疼得浩子直流泪……瘦小的浩子急了,把针眼对着墙壁顶。"嘣"的一声,针断了,断开的针一头扎进了浩子的大拇指,浩子手上鲜血直流……母亲发现了,接过浩子的裤子,泪花在眼眶里闪。

"自己的事自己解决,浩子不会自己补衣服啊?!"不知什么时候,父亲回来了,浩子和母亲温馨的时光像影子一样一闪就不见了。浩子委屈地接过母亲补了一半的裤子,含着泪回自己房间继续补。

那一刻,浩子对冷酷的父亲只有怨恨。

的确,打从记事起,浩子就没在父亲脸上读到过温情。从小到大,父亲在浩子心里没有温度,就像家里的铁门,出去关门,回来开门,门把手永远冷冰。

倔强的浩子凭着"凡事靠自己"的信念和比别人多付出几倍的努力,考上了县里最好的中学,又以优异的成绩考上了名牌大学……山窝里飞出金凤凰,兴奋了一村人。冷酷的父亲的脸上却一点儿喜悦的神情也没有,好像考上大学的人与他不相干。浩子只好一个人默默地收拾整理行李。临出门头一晚,父亲冷冷地把浩子叫进房间,严肃地说:"浩子,你读大学了,长大了。我想和你签份合约……"浩子不记得怎么和父亲签的合约,永远记得的是当时自己怎么强忍着不让挂在眼角的眼泪掉下来。

浩子带着那纸合约走进大学校门。看着同学们的父母从遥远的新疆、东北送他们来花城上学,看着同学们的父母在宿舍里挂蚊帐、铺被子忙碌的身影,浩子的眼睛潮湿了……

在学校里,浩子每天早早为教工送牛奶,每月挣 20 元生活费。那天,送完牛奶回来,浩子肚子一阵一阵地痛。强忍着疼痛,浩子去上课。第二节课时,浩子肚子疼痛难忍,晕了过去……醒来时,浩子发现自己躺在了医院里——浩子得了急性阑尾炎,需要做手术……同学们告诉浩子,已朝他家发了两次电报了,可已三天了,还没见家人回音……直到做完手术出院,浩子的家人也没在学校露面。

汽车远离了喧嚣的都市,浩子摇下了车窗,凉风拂面,浩子感觉脸上湿湿的,一摸,竟是泪!

刚毕业时,浩子在一家公司跑业务。那时,浩子每月定时给父亲寄 50 元,父亲也每月来信。信几乎千篇一律,平淡无奇。后来,浩子自己开了公司。公司越做越大,生意越来越红火,有一段时间,浩子一忙,连着三个月忘了给父亲寄钱。

父亲来信了:

浩儿:

八年前签的合约记否?现重申:

1. 乙自考入大学,宣告成人,诸事自理。

2.甲赞助乙大学期间学习生活费 2000 元,分四次付,每次 500 元。

3.乙毕业后,每月付甲赡养费 50 元。

…………

父已履约,望你履约!

父字

信的最后那加了粗的大大感叹号使浩子又气又笑。浩子马上叫秘书到邮局,把一年的 600 元一次性寄给父亲。

没隔多久,浩子收到父亲的来信,浩子似乎能感到父亲的愤怒:"……上次提合约,难道还要不断提?多付的钱已退回,查收!"

汽车开进了坑坑洼洼的乡间小道,家就在不远的前面。

办完了父亲的丧事,浩子想接母亲到城里一起住。母亲不肯,递给浩子一封信。

浩儿:

凡事自理,活一世,无悔!

子是子,父是父。爱不能多施,不能多索。养之成人,用其养老,适可而止。

望每月继续按约寄 50 元给你母亲。

父字

悄悄摸了摸口袋里发黄的"父子合约",浩子突然有心痛的感觉,泪流满面。

父亲的味道

"向阳,向阳,一心向着红太阳!"在向阳镇,这是稍有政治觉悟的人每天挂在嘴边的话——那时候,向阳镇每个人的政治觉悟都很高。

长到八岁,身高却不足一米的小向阳不懂啥叫一心向着红太阳,只知道每天肚子饿——向阳家人口多,劳动力少,夏秋两季生产队按工分计粮食,只分回可怜的一点儿。粮食不够吃,向阳一家三餐只能吃稀得能照见人影的粥水——尽管这样,还得寅吃卯粮。

"大州家晚晚有干饭吃!"一群妇女在闲聊,有人说村东头的大州家劳动力多,每回分粮食一担一担挑个没完。粮食多了,每天晚上都有干饭吃。妇女们说大州家每晚吃干饭的时候,先是羡慕,而后是妒忌,最后变成了仇恨。

听妇女们说大州家每天晚上吃干饭的时候,向阳正把中午吃的粥水化成最后一泡尿——肚子空了,眼睛绿了,看到石头都当成了包子。

"我去小叔家!"向阳回家告诉了母亲一声就朝村东头走去——大州是向阳的小叔,尽管平时吝啬,打小就没给向阳留下什么好印象,但那干饭的诱惑还是让向阳的脚停不下来。

就像一块橡皮泥,从下午两点多,向阳就赖在小叔家……小叔几次皱眉头,催促向阳出去玩,向阳不为所动,边和堂弟玩,边瞄小叔家厨房的动静……

三点多,四点多……时间过得真是慢啊!向阳瞄了无数次小叔家的厨房,小叔催促了无数次向阳。

五点多了,村东头的炊烟次第飘起,向阳莫名地兴奋起来。

"阿弟啊,回去了!"几乎家家户户都烧火做饭了,小叔不再催促向阳出去玩,而是直接撵他回家。

"……"向阳不作声。

"阿弟,我们今晚不煮干饭,煮粥。"小叔似乎看透了向阳的心思,直接告诉向阳,你赖在这里也只能喝粥。

"粥?!"向阳像触了电一样,霍地站了起来,"吃粥我才不在你们家吃!"

向阳说完噙着泪水离开了小叔家。

向阳磨蹭了很久才回到家。到家时,一家人已吃完了,妈妈故意问:"小弟,你到你小叔家吃饭了? 咱家今晚没煮你的粥哦!"

"哇"的一声,一路磨蹭,委屈到极点的向阳终于忍不住大哭起来。

这时,妈妈端出了一盆粥还有不知从哪里来的半碗干饭:"孩子,别哭了,吃吧!"

看到那半碗干饭,向阳马上止住了哭,两口就把饭扒进了肚子……这是向阳长这么大以来吃到的最好吃的饭。

妈妈却在一边偷偷抹眼泪。

父亲听说了向阳到小叔家蹭饭的事,回家看着瘦弱的小向阳,久久不语。后来,父亲便在向阳学校放假时,带向阳到食品站住了几天——父亲是向阳镇食品站的厨工。在食品站,父亲老实,没文化,干的又是厨工这种下等活,很多人瞧不起他。到了食

全民微阅读系列

品站,向阳是子随父"贱",很多人不待见他,把他当小猫小狗呵斥。站长的儿子周波和向阳年龄相仿,长得白白胖胖,个头高出向阳一大截。没人玩时,周波既会来找向阳玩,又瞧不起向阳是个乡下仔。

那天,因一件小事向阳和周波争执起来,恼羞成怒的周波猛地一拳把向阳打得鼻血直流,受了欺负的向阳血也没擦就和周波打了起来……打架的后果是父亲一遍又一遍地向站长赔礼道歉,尽管是周波先动的手,尽管周波根本没受到什么伤,而是瘦弱的向阳吃了大亏。父亲向站长承诺,当天就把向阳带回家,以后再也不带他来食品站了。

那天中午,父亲把自己那份饭几乎全给了向阳吃。吃完饭后,父亲推出一辆浑身都响就是铃不响的永久牌"28"自行车,极不情愿地搭着向阳回家。

回到家,父亲用冰块帮向阳敷额头上被周波打出的包,默默流泪。

"叫你不要生事,你偏要生事。今晚食堂包饺子,你一生事,就得回家来。"敷了头后,父亲忽然唠叨起来——看得出来,父亲是多么不舍得带向阳回家!

一听到饺子,就像之前听到小叔家有干饭吃一样,向阳的馋劲又来了:"吃饺子?!"

"是啊!你不回来就有饺子吃了。"父亲一脸可惜。

"我要去吃!"

"不能去了,不能去了!"

"我要去,我要吃饺子!"向阳坚决要去食品站。

…………

最终,父亲又用那辆浑身都响就是铃不响的永久牌自行车搭着向阳去食品站。远远看见食品站的大门，父亲就让向阳下车，并告诫向阳，不要进食品站大门。

就像那次在小叔家等干饭一样，在食品站的大门外菜地里，向阳一边玩土坷垃，一边瞄着食堂——食堂离得太远了，啥也看不到，向阳只好坐等到炊烟起……袅袅炊烟终于起来了，向阳聚精会神地看着，炊烟一会变成了油渍渍的肉馅，一会儿又变成了在锅里翻滚的圆鼓鼓的饺子……冬日的太阳短，向阳还没分辨出锅里的饺子滚了几回，是否熟了，炊烟就在黑暗中消失了。看不见炊烟，没了想象，向阳夸张地翕动了一下鼻翼，想闻一闻饺子的味道，可闻到的都是菜地里刚浇过的粪水味。

天完全暗了下来，看不到炊烟，闻不到香味的向阳感觉到了冷。寒风中，向阳就像童话里卖火柴的小女孩，盼望着父亲早点儿来找他……

黑暗中，终于有人朝菜地走了过来。向阳不用看，就知道那就是父亲——果然，父亲端着饺子朝向阳走了过来。

"阿弟，慢点吃，慢点吃！"摸着向阳冰冷的手，看着黑暗中狼吞虎咽的向阳，父亲哽咽了。

这是向阳平生第一次吃饺子，尽管为吃这顿饺子，向阳冻病了，那场病还差点要了他的小命。至于饺子的味道，多年后，向阳觉得，那就是父亲的味道。

全民微阅读系列

外婆的密语

"莉小时候很可怜！"幽深狭长的屋子里，阳光躲躲闪闪，漂浮不定。轮椅上满头银丝的外婆，正一脸严肃地跟一个男孩密语，讲莉过去的事。

莉的确是个可怜的女孩。三岁时，父亲跟着一个女的走了，从此再也没回来。父亲走后，母亲疯了，后来出车祸死了。

孤苦伶仃的莉被送回乡下，是外婆用一勺水一勺糊把莉养大，还供她上了大学。

长大了的莉就像外婆院子里那株盛开的鸡蛋花，高雅洁净，引得无数蜂儿围着飞舞。

"孩子，睁大眼睛好好看！"外婆不干涉莉，只和莉约定，结婚前，要把男孩带回来，外婆和他要进行一次密谈。

院子里，阳光明媚。抚摸着秀秀气气的枝干，看着绽开正盛的鸡蛋花，莉不时朝屋子里张望，一老一少正在低声密语。

外婆和他会谈什么呢？幸福的莉脸带绯晕。

回城的路上，原本兴高采烈的男孩却莫名其妙地黯然神伤。回城后，男孩就像断了线的风筝，从莉的视线中消失了。

"婆婆，您和他说了什么？"伤了心的莉回到乡下，头靠在外婆的怀里，哭了。

"孩子，不要伤心。"一缕阳光探进了幽深狭长的屋子，正好落在外婆的脸上，外婆一脸坚毅，"他走了，证明他不适合你！"

夏日的花儿开了谢,谢了开。蜂儿来了走,走了来。

灿烂的阳光下,灿烂的人儿又回到了乡下。

"莉小时候很可怜!"幽深狭长的屋子里,轮椅上的外婆又一脸严肃地跟莉带回来的男孩密语。

与上回如出一辙,回城后,男孩就消失了,毅然决然的。

莉又回了乡下,靠在外婆的怀里。这回莉没哭,只有淡淡的忧伤和些许对外婆的不解和不忿:"婆婆,您究竟和他讲了什么?"

"孩子,这不是你可托付终身的人!"外婆双手轻抚莉如丝般的头发,"相信婆婆!"

淡淡的忧伤随秋风而去。秋叶落尽,莉又带了一个男孩回乡下。

事不过三,莉认为这是个与众不同的男孩,挺在意他,不希望外婆和男孩密谈,更不愿意……

"孩子,是驴是马,总要拉出来遛遛。"外婆坚持和男孩进行一次密谈。

"你不是我的菜,我也不是你的菜!"理想很丰满,现实很残酷,回城后,男孩给莉留了这么一句话就走了。

男孩走的那天,莉突然有了心痛的感觉,呆呆地坐了一整天,第二天一早回乡下。

"外婆,您究竟说了什么? 为什么要这样?"这回,莉没把头靠在外婆的怀里。莉怨恨男孩,也怨恨外婆。

"……"看着莉眼眶里直打转的眼泪,外婆嘴张了张没吭声。

二十多年了,莉第一次和外婆红了脸,第一次回乡下没跟外婆吃饭就顶着凄风冷雨回了城。

风雨使莉感冒了,也冷却了她的春心。莉不再相信爱情,直到遇见了一个特别的男孩。

男孩告诉莉,他来自乡下,家里很穷,但他有智慧的脑袋和勤劳的双手。

担心情到浓时心受伤。莉和男孩约会了一阵后,开始有意有一应没一答。后来干脆放他的"鸽子"。

男孩不生气,也不气馁,总用一双明澈的眼睛看着莉。那份爱慕,那份真诚,仿佛在欣赏一件古董。

男孩也一如既往地关爱莉,刮风了,总会提醒添衣;下雨了,雨伞总会及时送到;病了,端汤送饭,时刻陪伴左右……被俘获了芳心的莉不敢再看男孩那明澈的双眼。

可越是情到浓时,莉心里越是煎熬:从小和外婆相依为命,难道不把他带回给外婆看? 可莉又太在意这个男孩了,这仿佛是上天赐给她的礼物,万一……

无数次揪心后,莉最终决定把男孩带回乡下。

幽深狭长的屋子里,外婆还是坐在轮椅上。

…………

这是一场旷日持久的密谈,在莉看来,这场密谈仿佛经历了无数年;这也是一场希望和失望在不断纠结和博弈的密谈,莉想了很多很多结果……

终于,密谈结束了。饭桌上,三个人默默地吃饭,莉心里空落落的。

回城的路上,一路无话。

回城后,一天,两天……男孩没了音讯。

希望就像被无限吹大的肥皂泡,尽管绚丽多彩,却不堪一击。莉的天塌了,心在滴血。莉憎恨外婆的固执,也憎恨自己的软弱——自己的幸福为什么自己不敢把握?!

第四天，男孩突然开着一辆豪车来接莉。

"对不起，我回了趟老家，把你的情况告诉了爸妈。"男孩很有风度地下车，诚恳地向莉道歉，"我还欺骗了你，我不是什么穷人，我是一家大企业的老板。"

莉突然泪流满面。

"上车吧，去看外婆。感谢外婆告诉我一切！"男孩帮莉拉开了车门，"外婆是个实诚的人，也是个令人尊敬的人！"

快乐的汽车飞奔向乡下。

"孩子，你不后悔？"幽深狭长的屋子里，阳光斜照在外婆的脸上。外婆一脸认真地问男孩。

"爱一个人，就要爱她的过去、现在和将来！"男孩拥着莉，诚恳地说，"我和爸妈也是这样说的，爸妈最终同意我和莉的事。"

幸福的莉泪流得更欢了。

"把莉交给你，我放心！"外婆慈爱地看着男孩，晶莹的泪珠挂在眼角，在阳光下闪闪发亮，"祝福你们！"

暖暖的阳光在幽深狭长的屋子里飞舞，温馨极了。

"孩子，为了莉，我说了谎，我向你道歉！"外婆把莉和男孩的手紧紧地抓在一起。

莉怔住了，男孩愣了，都睁大了眼。

"莉是个可怜的女孩，却是个好女孩！"外婆把莉和男孩的手抓得更紧了，生怕分开了，"莉15岁那年没有遭遇坏叔叔欺负，也就没落下不孕症；莉也没得什么遗传病，更不可能30岁后不能站立……"

幽深狭长的屋子里，静极了。

"外婆真坏！"片刻的宁静后，莉和男孩异口同声。

阳光在幽深狭长的屋子里飞舞，绚丽极了。

三　叔

三叔年轻时过番①。

回来时，三叔很风光。大包小包，红的绿的，要啥东西有啥东西。

三叔更风光的是他带回了一个跟城里的女人没啥两样，黑头发、黄皮肤、光光鲜鲜的番妹。

三叔说她不是番妹，她的父母也是唐山人。

三叔回来后跟二婶搭伙。二叔也过了番，二叔过番时留下两个小子和年轻的媳妇。

我讪讪地看着三叔和番妹把大包小包搬进二婶那还算宽阔的家，心里失落极了。

"娘，我爹要还在多好。"

我泪流满面。

娘也泪流满面。

那时，二叔过番了，三叔过番了，我那短命的爹患肺病两腿一蹬走了，留下我们母女俩。

番妹会讲本地土话了，却未能给三叔生下一儿半女，日子过得小心翼翼。

二婶拉着番妹："三婶，小的那个过给你，两家还是一家。"

番妹就用番语跟三叔窃窃私语，愁眉苦脸的三叔脸上绽出了

① 过番：潮汕人把出国谋生叫作"过番"，通常是指去南洋，即今东南亚国家。

不易察觉的笑容。

"二嫂，二哥过了番，我回来了，俩小子就该我照料。"

二婶执意要把二小子过继给三叔："三叔，养儿防老，积谷防饥，二小子过继到你名下，实打实。"

二婶找来乡亲，硬是白纸黑字把二小子过继给了三叔。

小心翼翼的日子融洽了起来。

二婶的大小子日渐大了，三叔带着他风里来雨里去地去地里刨食。二婶的二小子上学堂，三叔读过书，三叔说，读书辛苦，读书费神费劲，于是三叔每回把好的吃食塞满二小子的衣兜。

二小子读完书，部队来征兵。二小子背着二婶和三叔报了名。

二小子要走时，二婶在房子里哭哭啼啼。

三叔却涨红了脸，挥舞着一根木棒，抖抖擞擞地威胁二小子，敢走出大门，就打断他的腿，让他当不了兵。

二小子最终还是去了部队，三叔被戴帽子和不戴帽子的长官训了一顿。

二小子走时，三叔整个人软软地靠着门框，望着穿军装威威武武的二小子，一句话不说。

二小子走后，三叔就跟二婶讲："大小子大了，能刨食了。"

腾出了一间闲房，砌了个灶，两块门板一合，三叔和番妹自立门户了。

三叔过番时带回的大包小包早就不见踪影了。三叔和番妹东拼西凑了些钱，在村里做起了小买卖。

三叔小买卖的全部家当就是摆在村东头的一担箩筐。

三叔是村里第一个做小买卖的人。

三叔做买卖特偏，现钱交易，包括二婶、大小子在内，少一个钱,东西也甭想拿走。

做买卖的三叔经常把我叫过去,塞一些东西给我吃。

我不吃,三叔不说话。

我跟三叔说,小本买卖不容易。

三叔定定地看着我,还是不说话。

在三叔做买卖的日子里,我真的没吃过三叔一块糖。

我要出嫁时,我告诉了三叔关于男方的情况。

无父叔为大。我得尊重三叔。

三叔又一次定定地看着我半天:"大秋,三叔错了。"

泪水四溢。我积蓄了十几年的泪水终于像决堤的洪水一样。

自小无父,无父叔为大,三叔过番回来那时,我甭提多高兴,可是……

"大秋,那时,三叔没给你和你母亲留一块糖一块布。"三叔眼里也泪花闪闪,"这是三叔的一点心意,当嫁妆吧!"

三叔塞了一个利是袋子给我。

我不想接也不愿接。可看三叔那深陷的眼眶里,混浊的老泪在转。我想起了爹,想起了爹临走时拉着我的手时同样有混浊的泪在眼眶里转……

我平生第一次接过了三叔的礼物。

我出嫁了。

若干年后,我拖家带口回来了。年迈的娘没人照料,我于心不忍。

我回来时,三叔和三婶(我第一次认为应该叫她三婶)苍老了,那小买卖没能挑到村东头去摆,一担箩筐摆在了家里。

三叔把我叫过去。

"你娘苦得值!"三叔的老泪又在眼眶里转。

那时,谁都认为年轻的我娘会带着我改嫁。

我娘没走!

三叔和三婶卖不了东西时,就靠着屋子晒太阳,从早晒到晚。后来,三婶走了,三叔就一个人晒太阳。

那天,我从地里回来,三叔叫住我。

进了三叔的屋,三叔把几张纸币塞给我。

"大秋,你孩子多,日子凄惶!"

我没接三叔的钱。日子再苦,可有双手刨食。

三叔发了火,平生第一次对我发火:"你想饿死那几个小子?"

我的泪在眼眶里打转。

我接过三叔钱的第三天,三叔就走了,走得很安详。

大小子出了门,二小子远在海南。我独自操办了三叔的丧礼。

三叔的丧礼很风光,在那艰难的日子,就像三叔过番回来一样。

蓝蓝的天空下起雨

警车呼啸着开进山重水复的小村庄时,蓝蓝的天空忽然暗了下来,紧接着就下起了毛毛雨。

失窃的是村支书琼亮家。据说,他一辈子辛辛苦苦攒下的2万元不翼而飞,留下被撬开了的门和柜子在静静地向"大盖帽"诉说。

"大盖帽"在小村庄里驻扎了下来。

嫌疑对象一个一个被排除。最后，嫌疑落到了琼亮儿子景的身上。

"这不可能！"琼亮相信儿子景。景虽是螟蛉之子，但琼亮视为己出，对其不薄。

"况且，失窃的前一天，他就去镇上办事了。"琼亮证明景没有作案时间。

"大盖帽"相信自己的判断。

两个"大盖帽"在镇上找到了景和他的女朋友娥。但景身上并没有巨款。

景和娥被带回了小村庄。

琼亮不喜欢娥，说娥成天打扮得像一只花蝴蝶一样，中看不中用。琼亮极力反对景和娥往来，并暗中为景物色人选。

老辣的"大盖帽"硬是怀疑景有盗窃嫌疑，于是把景和娥叫到村委会分开问话。

娥只供认景去镇上时，约她第二天也去镇上，景头一天就去了。

景也只说失窃的头天到了镇上，他没有作案时间。关于这一点，他父亲完全可以作证。

看着景受审，琼亮心痛，一再要求让景回家。琼亮以人格担保景没有作案的时间，是他亲自送景出去的。

"大盖帽"最终找不到景和娥的作案证据，只好把景和娥放了。"大盖帽"也在第三天撤离了小村庄，案子悬而未决。

警车呼啸着离开山重水复的小村庄时，阴暗了好几天的天空又蓝蓝的。

经历了失窃风波后，村支书琼亮最终同意了景和娥的婚事。

村支书儿子结婚,在民风淳朴的小山村是一件天大的事,村里人都来祝贺。

村里人满以为支书会把景的婚事办得热热闹闹的。

琼亮没有大张旗鼓地张罗儿子的婚事。琼亮答应了儿子景的要求,让他们外出旅行结婚。

景和娥结婚后,一家人和和睦睦。琼亮似乎忘却了先前的失窃,一心一意等着抱孙子。

六月的天,说变就变。刚刚还是烈日炎炎,一会儿就雷雨交加,把小村庄洗得格外青翠。清早琼亮起床还好好的,一不小心,摔了一跤,琼亮就瘫了。

寻医找药,景走遍了整个镇。

琼亮的病没能治好,景却成了颓废的老头。

眼看着琼亮快不行了,景心如刀绞。这天,景跪在琼亮的床前,耷拉着头。

"爸……"景张了张嘴,眼泪顺着脸颊流进了嘴里,"爸,您还记不记得咱家失窃的那晚……"

"知道,村里放电影,我和你妈去看了,回头就失窃了……"琼亮拉着景的手,目光一片仁慈,"你想给我讲故事?"

"不是故事,是真的。"景轻轻脱开被琼亮握着的手。

"过去的事,就是故事。你不用讲了。"琼亮仍然是一脸仁慈。

"那故事的主角是我啊!"景几乎在喊。

"你和娥从镇上回来的那一刻,我就知道了。"

"可你……"

"傻孩子,好好对娥,我错看了这孩子。"琼亮又轻轻拉过景的手,紧紧地握着。

所有的眼睛都在流泪。

琼亮走了,景按村里的风俗,三步一跪把琼亮送上山头。上山头时,蓝蓝的天空忽然下起毛毛雨。

老 良 卖 菜

老良,本姓梁,读过书,早年高考落榜,外出打工,人问其贵姓,答曰:为稻粱谋的粱。

闯荡多年,老良无所成,返乡种菜卖菜,再问其贵姓,答曰:良心的良。

老良种菜,精耕细作。正所谓一分耕耘一分收获,早春通菜、豆角,初夏苦瓜、青瓜,立秋芥菜、油菜,冬天大白菜、大萝卜,种啥成啥,一概长势旺盛。

种了好菜,本不愁卖,再加上老良卖良心菜——只卖更好,枯的、黄的、小的、矬的永远留给自己吃,因此,老良的菜一直很好卖,口碑也不错。

老良平素为人大方,人缘又好。刚卖菜时,一担菜挑到街上,遇见熟人,他总会扔下一两颗菜:"自己种的,不值钱,尝尝鲜!"亲朋好友多半尝过老良的菜,有的不好意思,想扔下菜钱给他。老良这时多半会瞪大眼,拉下脸,唬得人家生怕因一两颗菜与老良生分了,往往只好作罢。

人情大如天。乡下人朴素的人情世故是"宁可被人欠,不可欠他人"!亲戚朋友都知道老良种菜卖菜全凭勤劳的双手,不容易,因而,在吃了老良的菜后又觉得帮不了老良,很多人在老良挑菜上街时,能躲则躲,尽量不跟老良打照面。他们即便要上街买菜,也会故意绕开老良——老良若见了,必定又送菜。

起初,没了赠菜的豪情和愉悦,大方慷慨的老良生出些许失落。时间久了,再加上菜市场见多了斤斤计较,老良慢慢习惯了。

小小生意能发家,这是至理名言。靠着种菜卖菜,老良慢慢发家了,先是娶妻生子,而后建了房,再后来又在街上买下一个卖菜的档口,日子日渐红火起来。

那天,病中的母亲开口说想吃新上市的通菜,我急急忙忙跑到菜市场——十几个菜档,都异口同声说季节早了,通菜还没有上市。我只好硬着头皮走到老良的档口——老良是我同学,早年我吃了他不少菜,在我那班同学中,是我带头第一个不"白"吃他菜的。

"阿良!"一把绿油油的通菜让我惊喜万分,我说话都变了声调。

"老拐啊!好久不见,今儿亲自上市?"老良显然也很兴奋。

"我妈想吃通菜,这不,找遍了市场,就你这里有。"我眼睁睁地盯着老良档口上仅剩的一把通菜。

"伯母身体好点了吗?"老良关切地问。

"老毛病了,还是那样。"我眼睛没离开那把通菜。

"通菜一斤多少钱?"一个中年妇女走过来询问老良。

"四块八一斤,新鲜上市!"一有生意,老良立马撇下我,热情地对中年妇女说。

"给我称了吧!"中年女人指了指菜摊上唯一的一把通菜。

"哎……哎……"我着急了。

"好的!"老良理也不理我,毫不迟疑地拿起那把通菜,过秤后迅速报出价格,"一斤四块八,两斤一两,总共十块零八,收你整数,十块!"

这是老良吗?才多久不见,老良就变成这样了?!那一刻,我心里愤怒到了极点,对老良也鄙视到了极点——老良啊,老良,我和你三年同学感情难道就不值十块钱了?!

没等老良收完钱,我头也不回地走了。

"老拐,老拐,弄点菜回去!"老良收了钱后,拿了两颗大白菜追过来。

我没让老良赶上,大步流星离开了菜市场。

这事发生不久后的一个早上,挑了满满一担菜急急忙忙赶着去菜市场的老良在中学门口远远就喊我:"老拐,新鲜的通菜!"

我就像那天老良自顾自和中年女人报价一样,看也不看老良和他扔下的两捆通菜,继续和一起走的学生热烈地聊天。

两捆通菜后来被街上的一头猪拱散了,老良知道后很伤心。这是后来经常和老良来往的另一个同学告诉我的。

"老良也不容易!"的确,老良不容易。经常和老良来往的同学的一句话让我怀疑我是不是做得过分了。

再见老良,我就想解开这个结,向他索菜,找回同学情。

那天早上,我专门守在老良每天卖菜必经的校门口,为的是向他索一把菜。

又是挑着满满一担菜,又是脚步急匆匆……远远见了他,我走出校门,拦在他前面——他今天挑的是一担青豆角,长长的豆角,碧绿碧绿的,水珠在打滚。

"老拐早,老拐早!"老良躲躲闪闪的。

"给把豆角吧!"怨气早消了,我伸出双手,做了个讨要的姿势。

"……"老良支支吾吾,转身急急忙忙往菜市场方向走了,没留下一把豆角。

看来我是真伤了老良的心了！我呆呆地站在校门口,望着老良长长的背影消失在晨曦下,惘然若失。

当晚,我在家里备课,忽然有人敲门。开门一看,是老良。老良提着一篮子通菜、豆角站在门口。

"老良?!"老良从不主动串门,我一脸诧异。

"老拐你知道,我不是小气的人。"老良熟悉的豪情又回来了,进屋,放下篮子,大大咧咧地坐下,"那两次真的不巧,菜刚打药不久,给谁都不敢给你。"

"农药?"我恍然大悟。

"今天这几样菜,没喷农药,放心吃!"老良一脸憨厚。

"……"

"老拐你不知道,菜还是种那些菜,现如今虫可多了,不打药,不打猛药不行了！"

明亮的灯光下,我只见一张并不阔大的嘴在黑瘦的脸上一张一合。

"这样,往后我向你招手,则可放心拿菜;我若跟你挥手,就别拿了,卖给别人吧……"

我呆呆地看着明亮的灯光下模糊了的老良,心口一阵绞痛。

炊 烟 飘 香

多少年过去了，一听到狗肉，向阳还是会心里一颤。起初，向阳会用愤怒的眼睛死死盯着说话的人，不管认不认识。后来，愤怒淡了，向阳转用眼角的余光去探寻说话人。再后来，尽管头也不抬了，但一听到"狗肉"两个字，向阳心里还是像触了电一般，颤抖起来。

向阳出生的那个小镇因为时代背景而改名为向阳镇。在那一年，向阳镇一下子出现了无数个向阳——张向阳、李向阳、陈向阳、郭向阳……

向阳的父亲是镇食品站的职工。父亲从部队转业回来，斗大的字识不了几个，不会数不能算，食品站安排他下乡卖猪肉。父亲每天老算错账，亏得一塌糊涂，最终只得自己要求回站里，站里便让他去当厨工。

十年饥荒饿不死火头军。当厨子虽是下等活，可在那饥饿的年代，厨工每天嘴角少不了油水。就是从父亲当厨工开始，父亲在向阳不上学的日子，时不时带他到食品站玩——乡下太穷了，一小块肥猪肉在锅里抹十天半个月的家庭都寥寥无几，更多的是一年尝不到几次油腥。向阳到食品站玩，吃饭时间，父亲会把自己碗里的两小块肉夹给向阳。

食品站的烟囱升起袅袅炊烟了，闻到了香味的向阳便跑到厨房后面的香蕉树下边找蚂蚁巢，边往厨房里瞄——向阳借着厨房后面碗口大的洞口正好看到了厨房里的一切——这是父亲当厨工半年后，给向阳指定的煮饭时间玩耍的地方。多年后，向阳想，父亲一定是早就留意到了厨房后墙的洞。

红红的柴火把大铁锅烧得直冒烟，灶台砧板上切好的五花肉至少有一斤，可能更多——这是向阳见过的切好的最多的肉。锅里的烟渐渐没了，一股烧铁味飘出来时，佝偻着背的父亲便用硕大的杀猪刀把肉全部推进了铁锅。

"嗞——喳——"一声巨响，锅里的烟雾吞没了佝偻着背的父亲。烟雾中，父亲左右上下挥舞着大铁铲。随着烟雾渐渐散去，一股令人心旌摇荡的肉香味通过小小的洞口传到了香蕉树下……向阳长长的口水流到了一只还在来回找路的蚂蚁身上——蚁路被向阳破坏了，找不到粮食的蚂蚁连回家的路也找不到了，一滴口水把迷途的蚂蚁吓得团团转。

"嗞——喳——"又一声巨响，父亲把切好的大蒜又推进了锅里。又一次吞没了父亲的烟雾过后，一股更令人垂涎三尺的香味让流着长长口水的向阳双腿不由自主地朝那个洞口挪过去……向阳看着父亲右手用硕大的锅铲铲起一块五花肉，左手以迅雷不及掩耳之势把那块肉夹进了嘴里……也许是那肉太烫，父亲嚼肉的嘴鼓得很夸张。

"味道刚刚好。"连吞带咽把肉弄进肚里，父亲自言自语了一句，脸上露出了满足的笑容。

"嗝——"那块肉被父亲咽进去那一刻，向阳打了个响亮的饱嗝。父亲已经意识到了洞口外的向阳了，却装作没看见一样，慢条斯理地把炒好的肉菜铲到大锅里。

"嗝——"又是一个响亮的饱嗝。向阳咽了一口口水，忍不住对着洞口嚷道："我要肉！"

向阳看到父亲朝洞口望了一眼，视而不见。

"我——要——肉——"向阳见父亲无动于衷，把脸贴到了洞口，嘴巴动着，那声音，满是哀求。

"滚——"兴许是贴在洞口的那张脸太吓人了，父亲借着到后墙倒洗锅水时骂了一句。父亲边骂边又用手去推开向阳。

"我要肉!"吃不到肉的向阳愤怒了，心里想着，你不给我吃肉，我咬你的手吃。向阳恶狠狠地朝父亲推他的手咬了下去。

向阳咬到了肉——那不是父亲的手，那是父亲手心里的两小块五花肉。

那是世界上最好吃的五花肉，尽管还没吃出什么味道，就进了向阳的肚子。

赶走了向阳，父亲把一锅菜端到了饭堂——午饭时间到了，大家陆陆续续准备来吃饭。

"菜咸了!"

"肉肥了!"

"肉少了!"

"饭硬了!"

…………

各种各样骂骂咧咧的声音在饭堂里此起彼伏，父亲始终低着头，一律笑而不应。

午饭时，向阳照例吃到了父亲碗里分到的两小块肉——向阳想夹回一块给父亲，父亲瞪了向阳一眼，向阳便一口吞了下去。

往后，向阳老盼着不上学的日子到向阳食品站玩。

最先发现洞口秘密的是食品站站长的儿子周波，一个长得白白胖胖，用现在的话讲有点儿"二"的高个子。

那天，周波缠着好久没到食品站的向阳玩。向阳不屑与这个纨绔子弟玩——"纨绔"两字是向阳刚从书上学来的新词。周波从家里搬出来很多玩具，一只五颜六色的塑料陀螺引起了向阳的兴趣——要知道，向阳他们玩的陀螺都是自己用烂瓦片磨成的。

一高一矮一瘦一胖一黑一白，两个小男孩在水泥地上玩得不亦乐乎。当炊烟从厨房顶上袅袅飘起时，向阳便对陀螺失去了兴趣。他瞅了个机会，偷偷溜到厨房后面的香蕉树下"看蚂蚁"。

肉香袭击了把脸伸到洞口的向阳，父亲借倒洗锅水之机，又把两小块五花肉塞进了向阳嘴里。

"偷吃肉！"不知什么时候，找向阳玩找出一肚子气的周波出现在了厨房，大声喊。

向阳嘴里两小块肉被生生咽了下去，不知是烫着了还是噎着了，向阳的两行泪流了出来。

向阳用尽了手段才让周波不把他偷吃肉的事说出去。可是，很长一段时间，向阳每周来食品站陪周波玩的承诺一次也没兑现——那次被周波吓着后，向阳很久没到食品站玩。

肉香的诱惑实在太大了，一个多月后，向阳又跟着父亲来到了食品站。周波显然对向阳不守承诺很不满意，向阳只好小心陪着——可向阳来食品站的目的不是陪周波玩，到了炊烟起，向阳又溜了。

肉香把向阳的脚一步一步引到了那个洞口。这回，向阳学乖了，没把那张脸一直贴在洞口上，还一直留心厨房的大门。父亲也警惕了，东张西望了一下才借倒洗锅水的时机把肉塞进向阳的嘴里。

"偷肉！叫你偷吃！"肉刚进了向阳的嘴，一声喊叫过后，向阳便被人老鹰抓小鸡般提了起来。

抓住向阳的是食品站的屠夫才。原来，找不到向阳的周波又到厨房来——周波没在洞口看到向阳那张小脸,悻悻地走了。路上,周波碰上了食品站的屠夫才。委屈的周波把向阳偷吃肉的事告诉了才。屠夫才包抄到香蕉树后,看着向阳的一举一动。

屠夫才把向阳提到了饭堂,重重地摔了下去。羸弱的向阳像一片羽毛一样轻轻飘落在了地上,那两块来不及咽下去的肉掉在了地上。

"偷狗肉吃……"屠夫才从地上一把抓起那两小块肉,激动得语无伦次地向大家大声控诉。

谩骂声此起彼伏,响彻饭堂。向阳把头低到了地上,水泥地湿了一片。厨房里的父亲也把头低到了裤裆里,一直躲着不敢出来……

事件过后,父亲被开除回家。失了业又没地种的父亲回到家后迷失了方向——被老师认为很有前途的向阳失学了不说,向阳的弟弟妹妹还差点儿饿死了。

那次偷吃狗肉被抓的事件对向阳影响巨大,以至于多年后一听到"狗肉",向阳就打战。

校　钟

"丫头,我这钟又走慢了,麻烦你帮忙校一校。"远远见到邻居家姑娘燕,唐大娘就抱怨她家的钟就像她一样,"老胳膊老腿的,走着走着就慢下来,有时还居然一动不动。"

"好的,好的。"乐呵呵的燕停下急匆匆的脚步,随唐大娘进屋。

唐大娘住的是一座飞檐翘角祠堂结构的大屋，门前有一块长方形水泥地。从水泥地进屋里，要经两层十级台阶过一个石门槛。屋分上下两厅，上下厅边侧各有一间小房，中间是一口长方形水泥地的天井。

如此气势恢宏的屋子，是唐大娘年轻时和她的老伴一砖一瓦一梁一柱积攒，亲自建起来的。

老伴去世，在省城工作的儿子三番五次劝说唐大娘离开乡下到城里一起住，唐大娘不愿离开老屋，一次一次地拒绝："城里鸟笼似的房子没这屋宽敞，也没这屋住着方便。"

住惯的老屋的确方便，就连山村的太阳，唐大娘不仅十分熟悉，还利用了起来——每天清晨，太阳照到下厅的边缘，唐大娘就起床煮早饭；中午，阳光进了上厅，唐大娘赶紧生火做午饭；下午，日头过了上厅一半，唐大娘开始张罗晚饭。

儿子回来住了几天，看到母亲极有规律的生活，只好一个人悄悄回省城，不再劝说母亲离开这老屋。

"妈，遇上阴天没太阳的日子，就不会忘了时日。"孝顺的儿子忙，人很少回来，东西却源源不断地寄回来。有一次，儿子专门捎回一个圆脸的闹钟。

"妈在这屋住了几十年，什么时候错过时日？"起初，腰板硬朗的唐大娘笑儿子多此一举。随着年岁的增大，渐渐地，唐大娘接受了这个圆脸的小家伙，并发现偶尔太阳不是很准。到了后来，唐大娘一天该干什么就两结合了——看光照位置和圆脸闹钟。

随着村里青壮年一窝蜂到城里打工，原先热闹的山村顿时变成了"386199 部队"——村里只剩下妇女、儿童和老人，再也热闹不起来了。

"丫头,吃,吃。这是你哥从城里带回来的。"唐大娘搬出了各种各样的食品招待乐呵呵的燕,并且一脸幸福地看着燕吃零食。

燕拿过钟,看看自己的手表,又看看唐大娘。乖巧的她嘴张了张,最后什么也没说,把钟上下折腾了一番,递给唐大娘。"大娘,现在准了!"

"谢谢你,丫头!"唐大娘接过闹钟,并不去看时间。

"大娘,我走了啊!"聊了一会儿,燕急着要去帮娘打猪草,便对唐大娘说。

"走了?!"唐大娘一脸不舍,"才坐了25分钟呢。"

燕看了一下钟,愣了一下,抬起的屁股又坐了下去,陪着唐大娘有一句没一句地聊起来。

"这钟常常走慢了。"唐大娘告诉燕,现在的日头又没以前准,每天三餐总要误事,经常弄得手忙脚乱。

看着老态龙钟的唐大娘,燕静静地听她讲,临走的时候答应她,往后一有空就来给她校一校钟,免得大娘误了事。

从此,燕一有空就到唐大娘家,帮她校钟。常常没进门,燕就看到唐大娘坐在上厅拿着钟发呆。

一见到燕,唐大娘便嚷叫她的钟走慢了,照常搬出各种各样的零食热情地招待燕。

燕每回走的时候,唐大娘都一脸不舍。

秋收时,很多外出的青壮年在城里忙活,顾不上回来收割地里的水稻,村里妇孺全上阵。

那天晌午,一个小偷瞄准了村里在家的只有老人小孩,进村来"洗劫"了一番。

小偷把唐大娘藏在床板下的 1000 多元搜走后，看到唐大娘手里紧紧攥着一个圆脸的闹钟，一把又夺了过去。

吓坏了的唐大娘回过神后做了一个令人匪夷所思的决定——她愿意告诉小偷另一处藏钱的地方，哀求小偷把钟还给她。

最终，唐大娘用 2000 多元换回圆脸闹钟，并一直紧紧地紧紧地攥在手里，直到燕闻讯来看她。

抢劫事件后，燕一如既往一有空就到唐大娘家帮她校钟，唐大娘也一如既往抱怨她的钟走慢了。

春节时，唐大娘的儿子携家眷回来住了十几天。他们临走的头一天晚上，燕到唐大娘家。唐大娘照例热情地招待燕，却闭口不提闹钟走慢了。燕发现，那钟已蒙上了一层薄薄的灰尘。

唐大娘儿子一家走了三天，燕经过唐大娘家门口时，她又听见唐大娘在抱怨钟走慢了。

如是数年，燕长大准备出嫁。临出门，燕去和唐大娘告别，唐大娘一句话也没说，一手紧紧攥着闹钟，一手抚摸着燕的头发，眼里有泪珠在打转。

"大娘，我会常回来看您的！"泪珠也在燕眼角打转。燕没食言，一回娘家，就到唐大娘家里，听唐大娘抱怨钟走慢了，帮唐大娘校钟。

如是又过了几年，燕突然听到唐大娘去世了。燕赶紧回娘家送唐大娘最后一程。送别了唐大娘，她儿子找出很多东西要送给燕，燕婉拒了，只要了那个钟——一个普普通通的机械钟，虽然不昂贵，却走得出奇准。

寻 找 恩 人

建涛发誓,这辈子一定要找到女儿的救命恩人,给他恭恭敬敬地鞠个躬,道声谢。

女儿描述的救命恩人是个不高不矮、不胖不瘦、说话不卑不亢、眼睛不大不小、头发不长不短的中年男人。

女儿说,那天上午,事情来得太过突然了:站在马路边等车的她发现一辆车疯了一样向自己狂奔过来。小嘴张得巨大的她,既说不出话,也挪不动身子,眼睁睁地看着车子朝自己飞奔过来……就在车子要碾上她的刹那间,说时迟那时快,她被一个人扑倒在路边的绿化带上——疯狂的车子从她刚刚站着的地方呼啸而过。

和女儿一起倒在绿化带上的中年男人扶起了脑子一片空白的女儿。女儿却站不稳,蹲在绿化带上,瑟瑟发抖。

"没事了!"中年男人安慰了女儿一句,再次扶起女儿。

惊魂未定的女儿终于抬起了头,看到了中年男人眉心间一颗黑闪闪的痣。女儿连一声谢谢也没说,只呆呆地望着沾了一身泥水的中年男人,头也没回地消失在马路上。

救了女儿一命,女儿却来不及对恩人道声谢,建涛心里不安,发誓这辈子一定要亲口向恩人道谢!

为了心中这一声谢,多少年,只要一有空,建涛就四处寻找恩人。

可除了女儿当初对恩人的简单描述,建涛对恩人一无所知。女儿当初描述的恩人,在芸芸众生里,普通得不能再普通,无异于稻仓中的一颗稻谷,找这样一个人,无异于大海捞针。

执着的建涛却不言弃,一直在寻找恩人。

在寻找恩人的过程中,建涛也做了很多和恩人一样的好事,成了别人嘴里的恩人。

女儿就在建涛不断寻找恩人的日子里逐渐长大,成了别人的妻子——尽管建涛心里不太乐意女儿嫁给一个罪犯的儿子,一直对女婿很冷淡,可看到女儿后来又拥有了她自己活泼可爱的女儿,一家三口过上了幸福的生活,建涛认了。

看到女儿的幸福,建涛寻找恩人的决心更加坚定。

多年过去了,寻找恩人未果。建涛不仅不放弃,还在家里亲自给恩人画像,画眉心间有黑闪闪的痣,不胖不瘦、不高不矮的中年男人。

建涛画了一张又一张,每一张都和大街上行色匆匆的人差不多。建涛画完就让女儿认,每一张画,女儿都说像又不像。

画到后来,建涛便根据岁月的流逝,把中年恩人画成了老年恩人:皱纹加深了,头发变白了……当然,唯一不变的是眉心间的那颗痣。

女儿说,除了那颗痣,父亲画的恩人怎么越看越像父亲自己。

建涛无语。建涛不停地给恩人画像,不停地寻找恩人。日子就在建涛的画像和寻找恩人中悄悄流逝。

突然有一天,女儿告诉建涛,她想和男人带着女儿去遥远的地方看望从未谋面还在服刑的公公。

女儿说,嫁鸡随鸡,嫁狗随狗,不管公公昔日犯过什么错,他始终是男人的父亲、女儿的爷爷。

建涛欣慰地点了点头。

女儿一家去了遥远的地方,建涛继续画像和寻找恩人。

女儿从遥远的地方一回来,就急匆匆地跑来告诉建涛:"爸!我找到了! 找到了!"

"找到了什么?"建涛一脸茫然。

"恩人!"女儿说时,眼里闪着一丝亮光。

"恩——人——在哪?"建涛停下手中的画笔,盯着女儿,着急地问。

"在遥远的地方!"女儿眼里的那丝亮光不见了。女儿告诉建涛,恩人的其他特征她没有多大印象,可她忘不了恩人眉心间的黑痣,"公公眉心间就长着这么一颗我永远也忘不了的黑痣!"

"……"建涛惊讶得张大嘴说不出话。

"可他看着我们三个,听我激动地讲 15 年前的那一刻,始终不承认他曾救过我!"女儿有点儿灰心。

"你确定是他?"建涛很久才回过神来。

"爸,错不了,就是他,就是他 15 年前救了我!"女儿又激动起来,"可他为什么不承认这一切呢?"

见多识广的建涛慢慢平静下来。平静过后的建涛想到这些年自己寻找恩人经历过的人和事,不作声了。

在和女婿深谈了一次后——这是女儿嫁给他后,建涛第一次和女婿长谈。建涛说,他要去遥远的地方拜会亲家公。

"谢谢你!"尽管亲家公和建涛画的像一点儿也不像,建涛还是隔着厚厚的玻璃深深地深深地给亲家公鞠了一躬。

"谢谢你!"亲家公也深深地给建涛回了一鞠躬。

建涛提醒亲家公:15 年前的那天早上,经过一夜极其痛苦的思想斗争后,他从家里出来,一个人默默地沿着当时车少人稀的马路朝公安局走去……女儿就是那天那个时段在那段马路被一个眉心有痣的中年男人救起的!

听着建涛颇为激动的叙述,亲家公却一脸平静,15 年前的事似乎和他一点儿关系也没有。

"我女婿你儿子说,你那天出门的样子他永远忘不了!我女儿你儿媳说,你眉心间的黑痣她也永远忘不了!"建涛告诉亲家公。

亲家公静静地听着,心如止水般地轻轻摇了摇头。

看着平静如水般的亲家公,建涛没再继续说下去:来看望亲家公之前,他找到了当年接待亲家公自首的警官。警官说了一个细节,亲家公自首时衣服上一身泥水,十分狼狈。警官问他,他支支吾吾啥也没说。

建涛又隔着厚厚的玻璃给亲家公深深地鞠了一躬,离开了监狱会客室。

建涛不再画像,却继续寻找恩人。

转　悠

蓬松的头发,像个鸡窝。发黄的上衣,一角夹在裤腰里,一角扯了出来。松松垮垮的裤子下,一双翻了边的黑皮鞋布满白斑点……一个形容猥琐的中年男人从电梯出来后,东瞧瞧西望望,左摸摸右碰碰,在走道里转悠了很久。

小区出过几桩盗窃案后,我特别警惕。在家里,一有空就透过大门上的"猫眼"往外瞄瞄。那天,我一个人在家,透过"猫眼"正好看到了这一幕。

中年男人在走道里张望了一阵后,朝我家的方向走来。走近了,我看清了男人的模样:狭长的脸,黝黑黝黑的;额上深深的皱纹像刀雕过一样,高高低低的;狡黠的双眼,滴溜溜地转……

越走越近,中年男人最后居然在我家门口停了下来。

我屏息静气,继续透过"猫眼"观察着中年男人的一举一动,看看他光天化日之下,究竟想干什么。

中年男人右手轻轻地摸了摸我家厚重的铁门后,把整张脸凑到门上……顿时,一张变形的狰狞的脸堵住了"猫眼",门外漆黑一片。

我先是一阵慌乱,随即镇定了下来,拍了一下门,喊了一声:"谁啊!"

"猫眼"外,中年男人受惊吓不小,落荒而逃。

"小偷!"联想到小区最近频频发生的失窃案件,第一感觉就是我今天遭遇了小偷。为安全起见,我让人在门口安装了摄像头,监控家门口的动静。每天下班回来,我第一时间也必先查看监控录像。

中年男人却很久没在我家监控画面中出现。

正当我逐渐忘了那个中年男人时,我家监控录像出现了中年男人的身影:还是像上次一样,中年男人出了电梯后,在走道里东瞧瞧西望望,左摸摸右碰碰,转悠了一阵后,径直走到我家门口停留了下来。正当他抬起右手想有动作时,画面上远处的电梯门开了,有人走出来。中年男人迅速转过身,消失得无影无踪。

中年男人在监控画面出现不久,小区里又有一户人家失窃了。

父子约

"小偷一定是他!"听说小区有人失窃,我立刻想到了中年男人。我匆匆赶回家准备调取监控录像,刻录给警方,为他们提供破案线索,却发现监控摄像机里三天前的录像被自动替换了。

不怕贼偷,就怕贼惦记。中年男人两次在我家门口停留,却未得手,他一定还会来的。我做足防盗措施,以防万一。果不其然,半个月后,我又发现中年男人出现在我家的监控画面上。这一次,还像前两次一样,中年男人出了电梯口,走走停停,摸摸碰碰,最后在我家门口停下,左看右看……不同的是,这一次,中年男人还带了一个帮手——一个头发有点儿花白的瘦小老头。他们像是来踩点的,在走道里仔仔细细看后,还推开了窗户,探头出去察看逃跑线路……

我当即把监控画面刻录下来,准备第二天提供给小区物管,让他们关注这两个人。

第二天出门时忘了带光盘。当晚我家失窃了!

损失惨重!家里现金、首饰都放在保险箱里,小偷居然把整个保险箱都搬走了。

报案后,警察很快来了,我赶紧把光盘交给他们。

"一定是他!"我十分自信地告诉警察。

警方动作迅速,失窃的第二天就把中年男人抓了。

听说中年男人是在一个工地上被抓获的。被抓时,楼已建好了,中年男人正在收拾行李准备离开工地。

三天后,警察带着中年男人来告诉我,案子破了。

警察身后跟着的中年男人的头发更蓬松了。

"小偷抓到了,是小区的保安监守自盗!"警察对我说,"老李是清白的!"

"……"我望着警察身后的中年男人。

中年男人抬了抬原本低着的头。

"老李，你不是想看看这位大姐的房子吗？你和大姐说说。"警察提醒中年男子。

为什么要看我的房子？看我一脸诧异，中年男人嘴动了动，没吭声。

"大姐，是这样的。这楼是老李来江城参与建设的第一栋楼，没建好时，他说在这里住过呢。"警察替中年男人说。

"是的，是的。"中年男人一个劲儿地点头。

"老李说，要离开城里回乡下了，他很怀念这栋楼，想来看看！"中年男人半天说不出一句话来，警察又补充道，"这不，他来转悠了三次，最后一次还带着工友一起来了呢！"

我心里咯噔了一下，打开了门，做了个请的动作。

中年男人战战兢兢地进门，脱鞋，却站在门口，不敢挪动脚。

"进来看看吧。"任我怎么招呼，中年男人一步也没动，只站在门口，远远朝房子里各个角落望了望。

"好，好，好。"望了一小会儿，中年男人连说了三个好后就退了出来，心满意足地走了。

我呆呆地站在门口，望着蓬松的头发进了电梯，心里如打翻了五味瓶。

相　马

马伯会相马。相传,早年马伯因相中一匹个头小、羸弱、貌差的枣红马是千里马而名噪江湖。

会相马的马伯常常游走于产马的大草原为大公司相好马参加马赛。淳朴的草原马主敬重马伯——草原里流传,再差的马只要被马伯相中,立马身价暴涨;而再好的马,马伯要是对着它轻轻叹气,顷刻间金砖变瓦砾,只落得个卖肉卖骨价。

一大公司在香港上市,拟高价求购一国产千里马,代表公司参加香港马会比赛,重金委托马伯到北方大草原相千里马。

马伯接了生意,即刻起程,流连于北方各大草原,数月未得一千里马。

一日,马伯到一马场,马主尽遣良驹让马伯挑选,青毛、花毛、黑毛、栗毛,各色良驹聚在一处。马伯瞅瞅这匹,拍拍那匹,始终一言不发,甚是失望。

在一匹身躯粗壮、被毛浓密的枣红马前,马伯的手还没拍下去,枣红马突然甩起尾巴……马伯的脸被重重地扫了一下。

捂着炽痛的脸,马伯瞪了一眼枣红马,长长地叹了一口气,离开马场,消失在茫茫大草原中。

游走草原,马伯偶遇良。目光深邃的良告诉马伯,自己随便到草原逛逛,天马行空,看落日,看马群……

两人相谈甚欢,结伴同行。转悠了一圈,一日黄昏,马伯一行又到曾经被枣红马扫过脸的马场。

马伯相不中自家的马，只怪自己没福气，挣不了大把大把的票子。对马伯他们的到来，马主因为愧疚，立刻杀马待客。

"古人常云，世上千里马常有，而伯乐不常有，我看未尽然！"对着篝火吃着马肉喝着大碗酒的马伯甚是感叹。

马主忙碌着为客人切肉添酒。

"马头为王欲得方，目为丞相欲得明，脊为将军欲得强，腹为城郭欲得张，四下为令欲得长。伯乐相马，把一匹马的全身比作王、相、将、城、令，这是何等的气魄！"马伯大口大口啃马肉，牙缝里塞满了肉丝，"我相马，一摸牙齿，二问血统，三看肌肉，四察性子，五观行走，二十多年了，从没走过眼！"

主人敬酒，马伯一饮而尽，无比豪爽。

"蹄爪正，前膀宽，后腿弯，前腿能钻狗，后腿可伸手，这样的马，跑得轻，走得快，赛马准能赢。"马伯停下吃马肉，用手揪牙缝里的肉丝。

随马伯一起来的良只顾低头吃肉。

"要说国产好马，河曲、伊犁、三河、黑河马各有千秋。"说起国产马，马伯如数家珍，"三河马体大结实，背腰平直，气质威悍，四肢强健，肌肉发达，跑一千米用不了一分钟，载重五百斤半小时可跑十公里；伊犁马体大强健，俊美秀丽，性情温顺，禀性灵敏，擅跳跃，能负重，是优秀的轻型乘用马；西南马头大个子小，肌腱发达，蹄质坚实，善走山路，善爬山岭，驮重两百斤可日行三四十公里……"

这时，女主人端出一盘马骨，放到客人前。马伯抓起一根马骨，边啃边继续点评国产好马："河曲马历史上常被用作贡礼……"

"主人家，哪来的马骨？"一直没吭声的良倏地站起了来，打断马伯的话，急切地问主人。

"咱家刚杀的马！"

"可惜！可惜！"良深邃的双眼瞪得大大的，神情痛苦不堪，"可惜了一匹千里马！"

马伯翻弄着马骨，糊涂了："什么可惜了？"

"古人相马不相皮，瘦马虽瘦骨法奇。"良拿起马骨，"你们看，这额骨，宽而大，头大额宽，是典型的蒙古马种；这腿骨，短而粗，四肢坚实有力；这筋腱，厚而实，关节肌腱发达，能跑善跑；这胸骨，深而长，身躯粗壮结实，勇猛无比……"良越说越激动，放下骨头，双手紧紧揪住马主的衣领，逼问马主："为什么，为什么杀了千里马？！"

"它对马伯不敬，尾扫马伯脸，马伯对它长叹息！"马主使劲掰开良的手，喘着粗气，"既然是马伯叹息的马，我就杀它来待客！"

良蹲下身子，双手抱着低垂的头，眼含泪花。马伯默不作声，一直翻弄着马骨，后来也垂下了头。

此时，远处马鸣声响起，良站起来，深一脚浅一脚地走了，消失在漆黑一片的大草原。

蝴　蝶　妆

齐春善妆。二十年了，他阅人无穷，妆人无数。只要到了他的工作台，被瞄上一眼，是淡妆还是浓妆，齐春心中就有数。齐春化的淡妆,看起来不像化过妆,却比没有化妆更美,更动人。

齐春善唱。相传他是音乐学院声乐专业科班出身,从事化妆工作前,曾走南闯北,获了无数奖项。

齐春喜欢边化妆边给化妆者唱歌。化妆因人而异:方脸适合挑眉不带峰;圆脸既可挑眉又可带峰;长脸要平眉;国字脸眉峰要在三分之一以外一点;大脸不宜画小嘴……歌也因人而唱:化妆者当过兵,齐春会唱"送战友,踏征程";若是中年女人,齐春会唱"只要你过得比我好";对走南闯北者,齐春会唱"朋友乡亲心里亮,隔山隔水永相望"……

化妆无数,歌唱无数。齐春每天穿戴齐整,早早出门。他一进工作室,没有寒暄,没有客套,便关上门,边化妆边唱歌。妆力求尽善尽美,不留遗憾。歌也唱得卖力,尽管屋子里就只有一个化妆者,每曲却宛若昔日在台上对万千观众演唱,一丝不苟。

齐春化的妆令许许多多人满意——用心化妆,不妖不艳,平淡朴实。歌更让许许多多人感动——从不唱伤感的歌,深情款款,真情实意。

齐春的妆和歌在小城久负盛名。

那日,踏着被昨夜风雨摧落一地的娇嫩花花草草,齐春怅然若失地进了工作室。

一女子躺在化妆台上静静地等待着齐春化妆。

习惯性地洗了手,擦干,再戴上手套,齐春拎着化妆箱走向工作台。

"你好,给你化妆了!"不管躺着的有没有应答,齐春的开场白和他的歌一样好听,一样充满真情。

放下化妆箱,齐春仔细端详着女子的脸。

这是一张标准型的鹅蛋脸,面部长宽比例大致为 4∶3,前额略宽于下颚,稍稍突起的腭骨,柔顺地向椭圆的下巴平缓过渡,逐渐尖细下去。

这也是一张写满青春的脸,尽管脸色苍白,看了还是让人心动。

"我给你化个蝴蝶妆吧!"齐春用商量的口气轻轻地说。

"亲爱的,你慢慢飞,小心前面带刺的玫瑰……"打开化妆盒,亮出各式妆笔妆刷,揭开几样粉盒,齐春的妆刷一挨着女人的脸,歌声就飘起。

寂静的工作室里,美妙的旋律,轻盈细腻的歌喉,温厚而煽情,仿佛是那个阳光帅气的庞龙在台上表演。

"亲爱的,你张张嘴,风中花香会让你沉醉……"看着熟睡般的女子,齐春手上的妆笔一刻也没停。

女子鼻梁正中一颗黑痣如落下了一粒苍蝇屎,怎么看都是瑕疵。齐春毫不犹豫地用膏状粉底在黑痣上薄薄地刷了一遍又一遍,直到黑痣消失。

眼睛是心灵的窗户。要想窗户明亮,首先要好好修复眼睛的外框——眉毛。齐春拿着眉刷稍微梳理了一下女子的眉毛,梳出了精致、自然的眉型,然后用眉笔轻柔地画眉,该疏时疏,该密时密。

"亲爱的,你跟我飞,穿过丛林去看小溪水。亲爱的,来跳个舞。爱的春天不会有天黑……"齐春越唱越动情,仿佛妆台上的女子就是和自己生死相约的恋人。

画眉,描眼影,横画眼线,涂抹睫毛……齐春把女子的眼睛妆饰得自然生动,个性张扬。

"我和你缠缠绵绵翩翩飞,飞越这红尘,永相随……"唱着,妆饰着,齐春进入角色,恍若回到了二十年前。

那些年,年轻的齐春到处唱歌,阅人无数——当然,那是在床上,和一些姑娘,"阅"完就不会再见了……直到有一天,卧病在家的母亲高兴地来电话说,有个女人带着一个可爱的小男孩来到家里,女人教小男孩喊她"奶奶"。齐春怎么也想不起那女人,更不要说那小男孩,却有回家看看多年不见、孤身一人在家的母亲的冲动。人未成行,噩耗先到。高兴过头的母亲在冬夜里想亲自为孙子煮鸡蛋,不慎点燃了灶间的柴草。一场大火夺去了母亲还有那个未见面的小孩和他妈妈的生命……得悉噩耗的那一刻,齐春在后台准备上台唱最后一首歌。歌没唱,齐春哭着回家。

昨夜的风雨摧落娇嫩的花花草草,天地含悲。母亲被烧焦了,未见面的小男孩辨认不出,那个她也模糊不清……含着泪请人把母亲、小男孩和她的样子画出来后,齐春为他们唱了最后一首歌……料理了后事,齐春不再到处唱歌,到县城里当起了化妆师,边化妆边唱歌。

二十年了,齐春每化一妆,必起一妆名,唱一首歌。歌因人而异,歌与妆名相称。

青春的脸一定要有红晕。看着苍白的脸,齐春用化妆刷蘸取少量的胭脂粉,在女子的脸颊上,由内向外,轻轻地涂抹着一个一个圆圈……一会儿,苍白的双颊泛起淡淡的红晕,青春回到女子的脸上。

"追逐你一生,爱恋我千回,不辜负我的柔情,你的美……"妆好了泛红晕的脸颊,看了看干涩的嘴唇,齐春轻盈地给唇部上彩妆,先在上唇浅画唇峰,然后由嘴角向中间描画……

"等到秋风起,秋叶落成堆,能陪你一起枯萎,也无悔。"歌毕,蝴蝶妆成。齐春又仔细地端详了一会儿女子,庄重肃穆地向女子鞠了一躬。

静静躺在妆台上的女子随即被推出与亲人相见,悲戚的哭声隔着门一阵阵传进来。

"哐当"一声巨响,齐春知道,女子被送入熊熊炉火中,瞬间成灰了。

怅然若失后,善妆善唱的齐春洗手,擦干,再戴上手套,拎着化妆箱走向另一个工作台。

修 车 老 汉

桥下的修车老汉死了。听说死得很惨,在桥上被汽车撞了个血肉模糊。

一个卑微生命的离去,就像天空中一颗流星一闪即逝,再平常不过,于忙忙碌碌的世人更是毫无影响——只是又一次骑车过桥,轮胎破了,烈日下推车,在桥下找不到修车老汉,挨了另一修车档的"宰"时,才记起曾经有这么一个人。

在这个城市里骑车上下班,常常会遭遇这样的尴尬:早上准备骑出门,发现车子丢了;火急火燎担心上班迟到猛踩脚踏板,轮胎不争气了——遭遇不测,扎上了钉子或铁块,破了。

那天,本就起床晚了,正奋力骑行在桥上匆匆赶路的我,忽然感觉脚用不上劲了——我最担心的情况出现了,轮胎破了。

我像泄了气的轮胎一样,推着车子过桥。桥下不远处就是老汉的路边修车档:一个黑乎乎的塑料盆装着半盆黑乎乎的水;一个皱巴巴的蛇皮袋铺在地上,上面摆着剪刀、铁锤、钳子等工具;

一个锈迹斑斑的铁皮月饼盒装着气门芯、螺钉、垫片等细小物件；一个还算精神的打气筒直立在一边……这就是老汉修车档的全部。

一头白发的老汉正在给我前面一位紧张地补胎——不用说，又是一位中了招的主。

"赶紧帮补一下！"屋漏偏逢连阴雨，心想迟到了挨领导批是肯定的，前面那位推车一走，我就催促老汉。

"嗯！"老汉接过车，一双粗糙油污的手麻利地动起来。很快，老汉从前后轮胎各取出一个几乎一模一样的钉子。

"路上长钉了！"看到这两个一模一样的钉子扎破了我的车胎，害我上班迟到，我气不打一处来，拿话损老汉——报纸上常讲，一些不法分子一边在马路上撒钉子，一边在前面守株待兔修车补胎。

我怀疑老汉，边说边观察老汉的反应。

"嗯！"老汉听出我的话外音，抬了下头，应了一个不置可否的单音字后，低头继续干活。

老汉抬头瞬间，脸上风干了的皱纹格外显眼。

"现在的人，人心不古，见利忘义！"我心存怀疑，却又苦于没证据，还得求助于他，心里愤愤不平，继续用言语发泄愤怒，"卖棺材的恨不得亲自去杀人，开药店的巴不得在全城投毒……"

"嗯！"老汉这回头没抬，手也没停，又是不置可否地应了个单音字。

心虚了吧？话都不敢接，就像抓了小偷现行，我一脸正义。

"好了，两块！"老汉停下手中的活，站了起来，拍了拍微微驼着的背，言简意赅。

苍白的头发，风干的皱纹，微驼的腰背，老汉站起来的那一瞬,我突然有心酸的感觉——老汉特像我那乡下的父亲,苍老、能干。

但愿钉子不是你撒的,但愿良知在你那儿还有一丝尚存,看着像父亲一样的老汉,我把到嘴边更恶毒的话咽了回去。付了还算公道的两块钱,我急忙赶路,把怀疑捎走。

这是我第一次跟老汉打交道。

没多久,我再次"帮衬"老汉的修车档。依旧是麻利的动作,依旧是"嗯"到底的言简意赅,依旧有些许的心虚。

老汉修好车站了起来捶捶腰。而当我再次面对老汉苍白的头发、风干的皱纹、微驼的腰背时,我不再有心酸的感觉,我更多相信我的判断,他就是撒钉子的人——我看到他的铁盒有好多一模一样的钉子!

老汉在马路上撒钉子终于还是被我抓了现行。

那天要陪领导坐早班机出差,天刚蒙蒙亮,我就骑车出门去单位。

清晨,一切都还睡意蒙眬,路上车少人稀。上桥时,远远见到一黑影和我相向而行。黑影在桥上走走停停,时而弯腰,时而直行,怎么看都不像正常赶路的。

一开始,我没怎么在意,或许是黑影落下什么东西,在桥上寻找。靠近了,从微驼的后背和苍白的头发,我认出黑影是修车老汉。

难道是趁着车少人稀,在马路上撒钉子?

"干吗?"修车老汉正好弯下腰,我大吼一声。

兴许太专注撒钉子了,老汉没注意到我已逼近,被吓住了:老汉直直地站着没动,左手拿着两个估计来不及撒下去的钉子,右手有一团黑乎乎的东西。

"嗯!"老汉发现是我,顿时轻松了下来,"吓死了!"

苍白的头发,风干的皱纹,微驼的腰背,在晨曦中分外耀眼,我却没了心酸和怜悯,心里只有厌恶和憎恨!

"怎么能这样?!"粗话我骂不出口,但声音绝对够大,大到桥下江里的鱼虾大约都能听见。

"嗯!啊?"老汉还是言简意赅,只比刚才多了一个语气词。

"别再这样了!"唉!面对像乡下父亲的老汉,怎么说他好呢?

出差回来好长一段时间不用"帮衬"老汉。老汉被我撞见撒钉子后,或许是良心发现了,不再撒钉子,生意也就似乎"冷清"起来。上下班高峰期,他不再忙得没空站起来。他常常微驼着背站着,朝桥上张望。

我每次都是呼啸而过,不停一分一秒。

但愿老汉改过自新了!

老汉不知改过了没有,就死了。原本,像老汉这样一个卑微生命的离去,于世人毫无影响,也无人会记挂。然而,在老汉离去半年后,城里却引起了轰动——本城晚报报道了老汉的事:修车老汉数年如一日,用磁铁吸走不法分子撒在桥面用来扎车轮胎的钉子,不幸遭遇车祸……

对照那篇报道,我才知道,老汉右手那团黑黑的东西是磁铁,铁盒里装的是他每天吸走的钉子!

报道说,老汉的儿子在桥上开车,车子被钉子扎破轮胎出车祸身亡,自此之后,老汉就在桥上吸钉子,桥下修车。

怀揣着那份报纸,我骑车出门,在桥下老汉昔日的修车档前,我仿佛又看到了苍白的头发、风干的皱纹、微驼的腰背的老汉。

我也看到了乡下的父亲。

小金的保安生涯

小金会琢磨。

会琢磨的小金高中毕业后到城里一所中学当保安。

小金当保安和别人当得不一样："别以为当保安只是开开门关关门的小事,奥妙多着呢!"

校长是军转干部,喜欢受人尊重。没当过兵的小金暗暗苦练敬军礼,校长每天进进出出,牛高马大的小金总会给他敬军礼,虽然那姿势有点儿别扭和滑稽。

"右手抬得不够高,立正站得不够笔挺。"那天,心情很好的校长经过校门时停下了脚步,微笑着手把手纠正小金的动作。

小金练立正敬军礼练得更勤快了。半年下来,小金的军礼敬得连挑剔的校长眼中也流露出赞许。

小金把全校的教职员工都琢磨了个遍:这个是严肃型的;这个是宽容型的;这个是计较型的……

这还不算,小金通过电脑网络琢磨了区教育局的领导,虽然区教育局的领导一次也没来过学校。

小金终于把区教育局的王局长给盼来了。

对这位王局长,小金虽未谋面,却早已了然于心:58 岁,上过中越战场,善饮,为人讲义气,走路威风凛凛,好排场……

那天,远远看到王局长的小车,小金小跑过去打开两扇铁门,然后靠边立正敬军礼,目送小车缓缓驶入学校……小车离开学校时，小金又小跑过去开门，立正敬军礼。

机会正在向小金的两次军礼招手。

豪爽的王局长酒喝到差不多的时候，想起了久违了的军礼："守门的小伙子军礼敬得标准，不丢咱军人的脸。"

校长正想解释，王局长拍了拍校长的肩膀："军人一家，好好培养！"

小金被迅速培养成了学校保安队长。

当了队长的小金坚持每天给校长敬军礼，可没多久，校长就被调到区教育局了。

新校长学究味重，抓大事不注重小节，倡导开放式办学。

小金给新校长敬了三天军礼后迅速调整思路，军礼不敬了，原来校门连一只苍蝇都飞不进来，现在谁都可以进学校来——开放式办学了嘛！

可是谁也没想到，就连捡破烂的都可以随便放进来的小金，居然把一位重要人物挡在了校门外。

那是星期一的下午，阳光晃得人头昏眼花。小金睡了午觉起来后懒洋洋地在传达室里啜着茶。

忽然，小金放下茶杯，走出门口。

一个半老头子不紧不慢踱着方步朝学校走来。

"请问您找谁？"小金及时拦住了半老头子，客气地说。

"找——李校长。"半老头子一副居高临下的口气。

"对不起，我们校长不姓李。"

"不管姓不姓李，我找校长就是！"

"请问您找校长有什么事？"小金还是很客气。

半老头子看了看小金："我是区教育局的，找你们校长！"

"队长，较什么真，别得罪人，让他进去吧！"小金的搭档兄弟在旁边实在看不下去了。

"不行，按规矩办！"小金没有给搭档兄弟面子。

"假认真！"讨了个没趣，搭档兄弟嘟囔着走了。

"请出示您的证件，我登记一下好吗？"小金仍然很客气。

"证件？没带！"

"不好意思，您不能证明您的身份，我不能随便放您进去。"小金一点儿也没得商量。

"好，好样的，你叫什么名字？"半老头子认真打量着小金。

"这是我的工作，请原谅。"小金不卑不亢。

半老头子又打量了一下小金，转身走了。

"这是区教育局李局长，你怎么把他撵走了？"校长上气不接下气从办公室跑下来，半老头子已经走远了。平时斯斯文文的校长气急败坏地责问小金。

"我知道他是李局长，可他拿不出证件。"小金不慌不乱。

"乱七八糟的人你都放进来，却把一个堂堂的局长给撵走！"校长气得满脸通红，猛烈地咳起来。

小金的搭档兄弟及时递上一杯热茶。

"你代替他！"校长指着小金的搭档兄弟。

喝了一口茶，校长的火气还没平，怒气冲冲地对小金嚷："收拾行李，立马滚回乡下去！"

小金的行李收拾好了却不是滚回乡下，而是被调到了区教育局保卫科。小金的搭档兄弟却被通知不用来上班了。

原来，那天是区教育局李局长在暗访。以严谨著称的李局长对很多学校管理松懈、校门成了"无掩鸡笼"的状况大为光火，决心进行整顿。

小金坚持原则让李局长大为赞赏。李局长亲自把小金树为典型,还指示人事部门把他调到局里来培养。

这是小金保安生涯的一次重要转机,为了这次转机,小金琢磨了很多很多。当然,这些都是他的搭档兄弟怎么也想不到的。

柔 弱 的 惠

惠柔柔弱弱的。柔弱的惠刚来这座城市工作时,单身一人。

这是一个新兴城市,百废待兴,什么都在建设中。因陋就简,惠住进了单位临时租的农民房。

城里的农民房,没规划,你一栋我一栋,紧紧挨在一起,人们亲切地称之为"握手楼"。惠住的房与单位领导的房虽然不同栋楼,但几乎贴在一起,有两个窗户还对着开。

领导是个严肃谨慎的中年男人,一家三口,小孩还小,老婆是个母夜叉。

一天,惠在房间换衣服时,凭着女人的直觉,她意识到有一双眼睛在盯着她的窗户。

惠换好衣服后,悄悄地揭开窗帘一角,吓了一跳:一副大大的黑眼镜框贴着另一栋楼的窗口,正一动不动地盯着惠的窗口,阳光照着眼镜片,晃出一道亮光。

不用说,惠也知道那是谁。

惠一句没吭,往后在房间换衣服、睡觉,总要仔仔细细地拉好窗帘。

一个周日的上午,惠懒洋洋地起床。一阵风把窗帘吹开了一条缝,惠发现一副大大的黑眼镜框又贴在隔壁楼的窗口上……

惠打了个冷战,还是一句没吭。

周一上班,领导召集大家开会。会后,惠看了看领导鼻梁上那副大大的黑眼镜框,说了一句:"领导的眼镜框好大!"

所有的目光都集中到了领导的眼镜上。

领导尴尬地愣了一下,脸上掠过一丝慌乱,很快又镇定了下来。

惠却一溜烟出了领导的办公室。

那副大大的黑眼镜框好长时间没在惠对面窗口出现。

平静了一段时间后,那副大大的黑眼镜框又不时在对面窗口出现。

那副大大的黑眼镜框让柔弱的惠颤抖。

一天周末起床后,那副大大的黑眼镜框又贴在了对面窗口上。

惠穿戴齐整后出门,径直朝隔壁楼走去。

她敲开了领导家的门,领导一脸愕然。

"领导早上好,嫂夫人不在?"

"买菜去了,马上回来。没事吧?"领导声音发颤。

"没什么事。我昨天睡觉时换了件内衣,今早起来没找到,领导有没有看到我扔在哪里?"惠说得一脸天真无邪,就像小学生和家长说文具盒找不到了。

"……"领导涨红了脸。

"领导没看到就算了,我回去再找找吧!"惠一脸平静,说完头也不回走了。

那副大大的黑眼镜框从此再也没在惠对面窗口出现过。

多年媳妇熬成婆。惠慢慢熬成了这家服装公司的副手。

一把手是强势人物,唯我独尊,呼风唤雨,根本没把柔弱的惠放在眼里。

惠成了单位的花瓶领导。

一次单位聚餐,惠有事迟到了。惠进去时,酒席正酣。惠敬一把手的酒,一把手要惠自罚三杯。

"迟到,该罚!"惠二话没说,连喝三杯。

再敬一把手。一把手把小酒杯换成了大玻璃杯。"要敬我,就得用大杯!"

"领导,我不胜酒力!"惠推脱道。

"别人不知道你的斤两,我还不知道?"一把手端起酒先喝。喝完后,他借着酒意色眯眯地看着惠,"你还没长毛呢!"

一语惊人,酒席上顿时鸦雀无声,都用异样的眼光看着一把手和惠。

惠脸红了一下,马上镇定下来:"领导喝多了!"

柔弱的惠不仅没被一把手征服,最终还把一把手挤走了。

一把手被挤走后,上面来人例行审计,审出点小问题,纪委介入调查。

惠把纪委人员请到会议室,一改以往的平静柔弱,大骂纪委人员冤枉好人,诉说原一把手如何清正廉洁!

以德报怨!单位的人听后无不动容!

纪委的人却被激怒了,把一场原本只是走过场的小事变成了大案、要案来处理。

原一把手的问题越来越多,越来越严重,最后被判了10年。

监狱里的原一把手见人探望就骂"还没长毛"的惠借刀杀人。

话传到惠的耳朵,惠不气不怒,一脸平静。

惠最终创办了自己的服装王国,这是后话。

创办了自己的服装王国的惠依旧柔柔弱弱的。

女 名 记

"小蒋,晚上陪我逛逛街。我好久好久没逛过街了。"女名记向我抛来一个媚眼。

女名记姓赵,三十出头,离异,只身一人从东北某日报社来广东。岁月在她脸上没留下印记,三十出头的女人,还是那样白里透红,水灵水灵的。

女名记来编辑部时间不长。她刚来编辑部不到一个月,正赶上大伙儿为华中水灾捐钱捐物。

那天,主任传达了向华中灾区捐钱捐物的文件后,大伙儿沉默了一会儿。

"我虽刚来编辑部不久,可也得尽一分力呀! 我还没领到工资,没钱捐。这样吧,我把项链捐了。"

女名记说完当众从脖子上取下金项链,双手交给主任。

那一刻,编辑部里所有的人都愣了。愣过后是感动,掌声响个不停。

"赵姐,你挺让人感动的。"那天下班,我有意接近女名记,告诉她想把她的事迹写成一篇报道。

"没这个必要吧?"女名记向我抛来一个媚眼,关切地说,"近一个月来,我留意你写的稿子,文笔清新,立意高雅,你除了能写新闻稿外,写写其他的也准叫卖。"

我从大学到报社,虽也历经几个月的磨炼,但女名记给我这么高的评价,确实让我感动。

当天晚上,我就把女名记捐项链的事例写成了新闻稿《女记者捐项链献爱心》。

"赵姐,你是当事人,你把把关。"第二天一早,我把稿件交给了女名记。

下午下班前,她让我陪她逛街。

"小蒋,你把我捧得太高了。我没那么伟大,我只是一名普普通通的南下打工妹。"

女名记水汪汪的媚眼看得我心里有痛楚的感觉。她接着说:"谢谢你的好意,我看这稿就不要发了。"

"赵姐,为什么,我写的都是事实啊,一点儿也不夸张,一点儿也不过分呀!"心里的那一点点痛楚让我有当一回大男人的感觉,"赵姐,我不仅要发这个稿,而且还要往日报、晚报、都市报、电视台、电台上发呢。我们整天在宣传好人好事,我们身边的好人好事怎么就不宣传?"

女名记眼睁睁看着我,没说话。

"赵姐,我就是要让你这样的好心人被人人皆知,并且受表彰。"我告诉女名记,为灾区群众捐献后,省里还要开表彰会,这篇稿要赶在表彰会开之前发表。

"小蒋,我说不过你。不过,要发这篇稿,也要适可而止。说真的,我捐一条项链并没有想这么多呀。"

见女名记松口了,我赶紧向她要回我的稿件。

女名记推辞了很久,才从包里掏出我的稿子,"小蒋,如果真的要发,最好按我改过的发。"

我接过稿子，一看标题，不禁叫了一声："好，我怎么没想到用这个标题呢？赵姐，姜还是老的辣！"

女名记脸上迅速掠过一丝红印，迅即又不见了："你笑话我呢，你真坏，小蒋！"

我按女名记修改过的标题《未领工资先捐项链　外来女工情系灾区》，给各大报发了稿。各大报第二天都刊发了这篇报道。

月底，省里开表彰会的时候，女名记受到了表彰，副省长专门给她颁奖。

女名记兴奋了一阵子，后来，不知怎么的，她兴奋不起来了，见了我也怪怪的。

两个月后，女名记调不进编辑部，去了海南。

阿 来 开 店

阿来在市政府边上开了一家饭店。二十几年了，阿来的饭店长盛不衰！

在市政府上班时间长的大都记得，刚开始，阿来在市政府边上折腾了一个店面，开了一家天津灌汤包子店。

店不大，招牌却很大：阿来饭店。招牌下一行小字更唬人：正宗天津小笼包，本埠第一家！

在素以米食为主的南方，天津小笼包不太受欢迎，刚开张那阵子，生意惨淡。

尽管生意不行,阿来的小笼包却做得地道。阿来也不着急,一口一个津腔,告诉过往食客,本埠第一家,胜过"狗不理"!

惨淡经营下,阿来常常靠在店门口,向外张望,好像在等待什么!

周日晌午,一个理着平头的老者从市政府出来。阿来赶紧吩咐大伙儿打起精神,接待贵客。

老者却匆匆从阿来饭店门口走过,头也没抬一下。

"好好的快餐店不开,偏要搞什么包子,这下好了,离关门不远了!"阿来的妻子当初坚决反对在这里开包子店。现如今,生意不好,整天拍苍蝇,她一肚子怨气。

"你知道什么?我在等人,等一个人来!"阿来信心十足。

那个人终于被阿来等来了。周日下午,那个老者又匆匆从市政府出来。快转到阿来饭店时,阿来迎了上去:"领导忙啊,吃饭了吗?进来吃笼包子吧!"

一口纯正的津腔让老者停下了脚步,老者抬头望了望招牌。"阿来饭店,正宗小笼包,店不大,牌子不小!"老者笑着说,"我注意到你的店了。好!今天试试你的包子正不正宗!"

老者的爽快应约让阿来有点儿不知所措。听着老者浓重的卫话,看着老者津津有味地吃小笼包,阿来心里乐开了花。

"你是天津人?"两笼包子下肚,老者问阿来。

"妈妈是天津人,我在天津住了老长时间,对咱天津可向往了!"阿来的一口津腔很顺溜。

"不错!不错!"不知老者是说包子不错还是说阿来不错。

老者站起来要付钱。"别,别!领导您能来我这小店,我就沾光了!"阿来不收钱。

"你不收钱,我今后就不来了!"老者很认真。

"那您往后常来!"收了钱后,阿来把老者送出门口,回到店里偷着乐。

"嘚瑟啥,来了个老头吃了五块钱就把你乐的!"妻子挖苦阿来。

"头发长见识短! 这就是我要等的人,这座城市的市长,咱半个老乡。"阿来沉浸在兴奋中,"我们的寒冬要过去了,春天就要来了!"

果然,阿来的春天来了。老者来吃了几次小笼包后,市政府大院里的很多人就跟来了。慢慢地,阿来饭店日渐兴隆起来……

阿来的小笼包红火了五年。

阿来却在生意红火时,执意要改做东北菜。

"你个二五眼,懂啥?!"阿来教训反对改做东北菜的妻子,"咱老乡市长走了,谁还来吃包子?"

在阿来的坚持下,阿来饭店的招牌还是原来的招牌,不同的是招牌下的小字换成了"正宗东北菜,东北一家人"。

经历了改变初期的阵痛后,阿来饭店迎来了阿来期待的人。

那天,新来的市长轻车简从接待几位东北老家来的乡亲,就近来阿来饭店。阿来把一伙人引上炕席,用浓重的东北话向客人介绍三鲜鹿茸羹、小鸡炖蘑菇、东北肘子……

"老板,东北银(人)?"席间,阿来进来敬酒,客人问阿来。

"俺在东北长大,俺小时住那旮旯儿穷,可俺忘不了!"

阿来饭店的东北菜让市政府大院里的很多人流连忘返,"忘不了"。

………………

后来,市长换成了四川人,阿来改做四川火锅,他告诉来吃火锅的市长,他年轻时当过"棒棒军"。

"那日子苦噢！"阿来用流利的成都话告诉市长。

阿来的四川火锅依旧红火。

河南人来当市长时，阿来改做河南菜。阿来逢人就说："中！中！中！"

河南菜在这座城市里火爆了几年。

…………

二十几年了，阿来饭店随着市长的更换而改变口味，一直风头无两，长盛不衰。

种菜的女人

"你说，你为什么要三番四次地破坏城市绿化？"

那女人一句不吭。

"你倒是说话呀！你为什么要扒掉绿化带上的草皮，种上小白菜？"

那女人还是一句不吭。

一个地道的乡下聋哑人，看来是秀才遇上兵——有理说不清。

这是我从林校毕业分配到这座城市的绿化处工作后遇到的一件怪事。

那天，我和工人开着洒水车到这座城市的中心广场时，看到广场上绿茸茸的草皮被扒掉了一块，种上了疏疏松松、歪歪斜斜的小白菜，热爱这座城市的我脸黑了。

那是一片多么美丽、多么和谐的草地呀!

二话没说,我带着愤怒跳下车,径直跑到广场,拔掉了疏疏松松、歪歪斜斜的小白菜,随后叫了工人运来草皮,重新修整补种……

可是,没隔两天,当我和工人开着洒水车经过中心广场时,看到广场上刚种上的绿茸茸的草皮又被扒掉一块,种上了疏疏松松、歪歪斜斜的小白菜。

我被气炸了。

是谁这么大胆,竟一而再再而三地破坏城市绿化工程?

我没有拔掉那疏疏松松、歪歪斜斜的小白菜。我决心查个水落石出,给肇事者严厉惩罚。

从早晨六点到晚上六点,我一个人坐在中心广场的石凳上看报纸。

没有任何动静。

第二天,我五点钟就到广场。那小白菜似乎有人浇过水。我决定延长监视时间。那天,一直到了晚上九点,广场上几乎没人了,我正准备离开。就在这时,我发现了一个提着红塑料桶约莫七十岁的女人正朝广场走来……

正是这个女人扒掉了草皮,种上疏疏松松、歪歪斜斜的小白菜。

可是,这个女人好像不会说话!

我愤怒的子弹遇上了软软的棉花,在一点一点地消劲。

放她走吧,我心有不甘,可又能怎样惩罚这个乡下老女人?

我搜肠刮肚,把我所能讲出来的有关城市、绿化、齐整、规划的知识都讲给这个老女人听。

但愿老女人只哑不聋。

第二天，我吩咐工人拔掉疏疏松松、歪歪斜斜的小白菜，重新补种整齐划一的草皮。

然而，我的宽容却没能换来老女人的理解。就在新的草皮刚种上不到两天，疏疏松松、歪歪斜斜的小白菜又替代了绿茸茸、齐整划一的草皮。

我愤怒的子弹又随时要发射！

我决定跟踪老女人，让老女人的家人来教育她，让老女人的家人来赔偿补种草皮的费用。

拐过一栋楼，老女人在一栋新落成的楼前停住。

这是一片住宅区，楼前楼后都是水泥地，连一块草皮都没有，更不要说树了。

"你又搞什么去了？"一个老男人向老女人走过来。

"去浇菜。"

天啊！老女人竟然不是哑巴！

我的惊吓不小，几乎喊叫出来，被老男人、老女人发现了。

昏暗的灯光照得水泥地一片苍白。老女人极不好意思地低下了头。

老男人知道我的来意后，一个劲地抱怨老女人，又一个劲地向我赔不是。

"她从乡下出来，老住不惯，成天说要种菜。唉，种了一辈子菜，卖了一辈子菜，她还嫌不够。"老男人邀请我到他家。

老男人、老女人住八楼，家里挺宽敞，但每扇窗都严严实实封着防盗网。老男人、老女人屋子的东边有个阳台，阳台上种着密密麻麻的小白菜。

"给你添麻烦了，可我闷得慌。"老女人给我端了一杯热茶。老女人满脸的皱纹虽然在极力挤出一点笑，但仍然抹不去岁月在她脸上写下的沧桑。

走出老男人、老女人家时，我不知道我究竟说服老女人了没有，但有一点成为事实：城市的中心广场再也没有了疏疏松松、歪歪斜斜的小白菜。

没有了疏疏松松、歪歪斜斜的小白菜的日子，我却时常想起那个种菜的女人。

买　肉　记

"陈老师，李站长让我交封信给你。"厨工老张在门口把一封皱巴巴的信交给陈老师就走了。

一看是食品站的信封，陈老师脸上迅速掠过了一丝慌乱，就像初次做贼被人捉现行一样，接过信后急急忙忙进家门。

拆开信封一看，陈老师又是点头又是摇头。点头那是因为赞许——在那凭票供应的年代里，陈老师的儿子要结婚，手上没肉票，愁煞了一家人。平生不求人的陈老师只好硬着头皮托人找到昔日的学生，现在的食品站站长李海城。当了食品站站长的李海城在那时绝对是一等一的红人，求他帮忙的人踩破门槛。拜佛的多了，佛就多了些傲慢。据说，年纪轻轻的李海城看人是斜眼看，说话用鼻腔哼哼。要批个条子买两斤猪肉，呵呵，没那么容易……陈老师没想到，昔日自己不待见的学生居然给批了条子——这绝对是寒冬里陈老师觉得最温暖、最解燃眉之急的高兴事。

陈老师摇头那是因为深感自责。这个李海城，昔日没好好读书,陈老师也没怎么上心,这不,如今当上了人模人样的站长,写一张简简单单四个字的条子,居然还有白字。

子不教,父之过。教不严,师之惰。学生没学好,老师有责任。陈老师遂拿起笔,在李海城的白字上补了两笔——大小也是个站长,千万别叫人笑话。

改了白字后,陈老师叫儿子去买肉。儿子拿着写在烟盒上的条子,就像把媳妇娶进了门马上就要进洞房一样,兴冲冲跑到镇上肉铺买肉。

"买五斤肉!"陈老师的儿子站在肉铺前,看着眼前肥厚肥厚的猪肉,抑制不住喜悦,说话的声音都发颤了。

"拿票来!"肉铺的人一声呵斥,陈老师的儿子方缓过神来,急忙把在手里捂得暖暖的条子递给卖肉的。

"你这条子哪来的?!"卖肉的接过条子扫了一眼,盯着陈老师的毛头小伙子,大声喊叫。

"李站长批的!"陈老师的儿子怯生生地应着。

"没肉卖,赶紧滚!"卖肉的把条子扔还给陈老师的儿子,瞪着牛卵大眼,吼叫。

这一吼,倒是激起了陈老师儿子的愤怒。他把条子往肉板上一拍,大声喊:"这是李站长批的条子,凭什么不卖肉给我!"

向来只有卖肉的大声骂人,哪有被人大声叫骂的分。一时间三个卖肉的冲出肉铺,推搡陈老师的儿子……挨了几下拳脚,陈老师的儿子见势不妙,只好拿起条子跑了。

淤青着脸的儿子未能买回肉,气嘟嘟地向陈老师抱怨:"什么破条子,肉没买到,还被打了一顿!"

儿子平时鲁莽毛躁惯了,成事不足败事有余,陈老师叹了口气:"有话好好说嘛!连个肉都买不回来,哎!还是我自己去!"

在肉铺前，陈老师堆上了笑脸，把李海城的批条整理得平平整整，并双手恭恭敬敬地递给卖肉的："同志，我买五斤肉！"

一个卖肉的接过条子看了一眼，眼睛狠狠地剜着陈老师，然后冷冷地问了一句："你这条子哪来的？"

"我家儿子要结婚。李站长李海城批给我的！"陈老师被剜得浑身不自在。

"老头，李站长是你什么人啊？！"另一个卖肉的撇了撇嘴角，轻蔑地盯着陈老师说。

"我学生啊！我是他老师！"

"我还是他大叔呢！"接条子的说完，另外两个卖肉的哈哈大笑！

"你们……"陈老师急红了脸，颤着声。

"老头，看你斯斯文文，胆子也真大，竟敢冒充我们站长的条子来讹肉。"一个说。

"走吧，要讹肉吃，找错地方了！"另一个说。

…………

当了几十年老师，收获的都是恭恭敬敬，陈老师哪受过今天这般奇耻大辱，竟被人骂骗子讹肉吃！陈老师气得浑身发抖，拿着纸条直奔学校。

"早上的信是李海城让你交给我的？！"陈老师把厨工堵在厨房门口，大声质问。

"是的，他亲手封好信后给我的！"看到陈老师一副要吃人的样子，厨工吓坏了，急忙问，"有什么问题吗？"

"哦，没事没事！"陈老师得到厨工的肯定后，自知失态，转身离开学校。

他读书时，我不待见他没照顾他，凭什么今天要人家关照？！

陈老师一路自哀自叹！可你不给我条子就算了，为什么要如此羞辱我？这让白发苍苍的我情何以堪？！

一辈子清高的陈老师越想越气！他决定到食品站找李海城，当面质问他为什么这样对一个曾经的老师！

李海城碰巧下乡不在食品站，没给陈老师当面对质的机会。

走出食品站，天灰蒙蒙的——当时没有雾霾这一说，但确也让人看不远。北风又呼呼地猛吹，吹得让人直打战。当时，陈老师像喝了酒一样，又哀怨又生气，脑袋迷糊了，脚步也轻飘飘的……陈老师就这样漫无目的地走着走着，走在寒冬里，原来感受到的温暖一点一点消失……陈老师走到学校门口时晕倒了。

"陈老师，您找我是五斤肉不够？"下乡回来听说陈老师专程来找的李海城心想，死爱面子的陈老师平生第一次求自己批条子，莫不是批得太少不够用？吃完饭后，他直奔学校打听陈老师的住址，一进门就看到陈老师躺在床上。

"你的肉，我没福消受！"迷糊了一个下午，此刻的陈老师气消了大半，也不想对质了，微微侧过身子，"你走吧！"

"陈老师，怎么回事？是不是条子丢了？那我再写一张！"看着陈老师可怜可气的样子，李海城掏出烟盒，撕开一半，迅速重写一张条子。

"用不着！这张也还给你！"陈老师声音低低的，却异常坚决。

"陈老师，肉字怎么多了个人字，谁改的？"李海城感觉到陈老师的异常，接回条子一看，惊讶地说。

"你说什么？"经李海城这一说，陈老师也惊讶了，拿过他重新写的条子，一看，烟盒纸上还是写着：

猪内五斤！

肉买回来了。卖肉的只认李海城的"猪内"——那是李海城和肉铺的若干约定之一!

陈老师儿子的婚礼肉香四溢,热热闹闹,遗憾的是陈老师卧床不起,无法主持婚事,没过多久就走了。

陈老师的离去对李海城触动很大。李海城从此不再傲慢,也不再把"肉"写成"内",他说:"肉不是内——有人没人不一样!"

少了傲慢,眼(肉)里有人的李海城越走越远,直至成为当地的地方大员,并规规矩矩过一辈子。当然,这是后话。

杏 花 满 庭

杏花嫁过来时,破败不堪的老屋前一株经年不开花的老杏树挂满了杏花。

苍劲的老杏树冠大枝垂,白中稍带红晕的杏花艳态娇姿,繁花丽色,胭脂万点,犹如那白里透红、略显羞涩的新娘杏花。

老棒乐得脸上如开了的杏花。

老棒是家里老大,兄弟八个,后面一个比前一个小两岁,阶梯式排下去。母亲就像那块贫瘠的土地,生养多了,油尽灯枯,生下老八没多久,就撒手人寰。父亲也像那架散架了的犁,犁着犁着,说不行就不行了。

长兄如父。老棒从此挑起了一家的重担。

老棒有的是力气,地里的活好干,唯独家里缺个女人,这让老棒苦不堪言。可又有哪个姑娘愿意嫁给一贫如洗又拖累一大串的老棒？

媒婆托了一个又一个，姑娘也相了一个又一个，却没一个和老棒对上眼。

杏花是自己找上门来的。

杏花家住邻村。家里三代单传，到了杏花这代，一溜七个，竟然一个也没带把。

"竹笋多，易成林！"杏花听人说老棒兄弟多，人又勤快，悄悄来村里偷偷看了老棒后，就有了想法。

杏花在家里排行老二，是个有主见的姑娘。大姐招了一个男人进来继承香火。她和老三只差一岁，老三早早有了对象，于是父母老催杏花。"市场上买块肉，也要挑一挑肥瘦，何况是嫁人？急得来吗？"杏花一席话堵住了父母和老三的嘴。最终，老三等不及了，先嫁人了。

杏花既然看上了老棒，就听不进家人的意见，也不管不顾老棒的家境，执意嫁过来。

一树杏花由红艳转白还没落完，杏花就和老棒领着一班兄弟下地干活。

杏花人乐观，脾气好，手脚又勤快，不仅把家收拾得妥妥帖帖，和老棒恩恩爱爱，还把兄弟们照顾得周周到到，左邻右舍无不交口称赞。

的确是竹笋多，易成林。杏花嫁过来没两年，老二找到了媳妇，分了出去。老三也不甘落后，娶了媳妇单过……几年下来，老棒家结婚的结婚，生小孩的生小孩，人丁兴旺，好不热闹。

长嫂如母。每回热闹，杏花都操持得体体面面，让人无可挑剔。

日子在勤快的杏花手里慢慢地殷实起来，老屋却日益破败，台风一来,还摇摇欲坠。杏花说服了老棒,推倒重建。

拆了旧屋准备建新房时,杏花和老棒却意见不一了。原来,这老屋是村里几十年前统一建的"竹竿厝",窄而狭长,进了屋,又深又暗。一排一排的"竹竿厝",你门前弄个猪圈,我种株老树,几乎没了路。师傅说原来的房子太狭长,建议退后几米,留足门面,又保障屋内光线。

杏花支持师傅的意见。

"退回来,亏了地,多可惜!"老棒坚决不同意。

"退几米,前面有门有庭,屋里光线充足,有什么不好?"杏花一次次劝说老棒,也一个个兄弟去游说。

在杏花的坚持下,建新房时,果真退后了几米,杏花又要求师傅把前后窗加大。新房建成,一时屋外门庭空旷,屋里窗明几净,左邻右舍参观后无不啧啧称赞……老棒的屋子竟被当成了样板,往后有人改建屋子,都学着退后几米,留下宽敞的路。

杏花人缘好,新屋又宽敞明亮,每到晚上,左邻右舍常常来家里喝茶聊天。

地下博彩业刚传进村里时,很多人好奇下注买码。老棒隔三岔五也买码,有中有不中,杏花一直嘀咕老棒:"九赌十输,不要买!"

地下博彩业能让人一夜暴富,很快便在村里疯狂起来。村里全民皆"彩",八十岁的老人从嘴里省下五角一元,也下注买码。

狂热之下,老棒挡不住一夜暴富的诱惑,背着杏花,下的注越来越大,一次没中,下回翻倍下注,指望博回本。

老棒越下注越愁眉不展,杏花越嘀咕越着急。

那天晚上开奖,很多邻居又像往常一样来杏花家喝茶聊天看电视。杏花尽管还是像往常一样热情地招呼邻居,但看着两眼紧盯电视心神不宁的老棒,心一直揪着,给客人倒茶时,茶满了都全然不知。

"老棒,下了哪个码,多大啊?"有人问。

"不大,不大。"老棒眼睛只顾盯着电视。

电视里准备开奖了。"你们看,我去冲凉了!"老棒可紧张了,不敢看电视,收了衣服去冲凉。

正在播报开奖,客厅里屏声静气。

20,36,41,55……带有数字的彩色球一个个被摇出来。

每报出一个数字,客厅里有兴奋的,也有懊丧的。

"特别号码是37!"又一个彩色球被摇了出来,主持人微笑着报出了最后一个码。

"中了,中了!"主持人话音未落,老棒大喊着从冲凉房冲了出来,手舞足蹈,"我中了,我中了特码!"

一客厅的人都被惊呆了。

老棒一丝不挂站在众人面前,身上的水直往下淌。

"赶紧回去冲凉!"杏花回过神后,用身体遮挡住老棒。

老棒羞愧地低下了头,跑回冲凉房。

老棒中了特码,博回了之前所有的损失。老棒却没能去找庄家兑奖,羞于见人的老棒当晚把自己吊在屋前的老杏上,走了。

老棒走时正值二月,是杏花开的时节,屋前的老杏却一朵花也没开。

生活在继续。老棒走的第二年二月,屋前的老杏在杏花的精心侍弄下,开满庭。

鸟 说 新 论

鸟一定要在天上飞。鸟要是只能在地上走，就如鸡和鸭，它肯定不如好吃懒做却能为主人家挣来大把大把钞票的猪，也一定不如替主人家看家护院忠诚乖巧的狗。一句话，鸟要落在了地上，就不招人待见。

父亲说这话时，李大霄足足看了他一分钟，心想，一辈子一事无成的父亲莫不是脑子烧坏，当了哲学家——村里唯一的哲学家李金宝就是烧坏了脑子，整天说一些让人似懂非懂、不着边际的话。

李大霄这样想的时候，正紧张复习着准备高考。那时的李大霄，满脑子是高考中榜，鱼跃龙门。可谁承想，第一次高考，李大霄差十分，落榜了。第二年再考，差了二十分。李大霄不敢参加第三年的高考，回家抢起了"三尺六"——锄头。就在这时，政策有变，元旦过后不能顶职了，李大霄的父亲赶紧申请从食品站退休，让儿子李大霄到食品站顶职。

龙生龙，凤生凤，老鼠的娃会打洞。大概因为李大霄的父亲在食品站不太招人待见——父亲在很多单位干过，县财政局、镇粮所、食品站，每一个单位，父亲的岗位都不招人待见，或者说不是核心工作——核心这两个字是李大霄后来学习文件掌握的，比如在管钱的财政局，父亲干的是烧饭的活；在管粮的粮所，收粮没父亲的分，父亲看守粮库；在管肉的食品站，杀不了猪卖不了肉的父亲又干回老本行,管烧饭……就因这,李大霄一到食品站顶职,就被派去干不太招人待见的烧饭。

在烧饭的日子里,李大霄从似懂非懂到坚信曾被自己怀疑烧坏了脑的父亲讲的话——鸟落地了,猪狗不如。

"鸟一定要在天上飞,干活一定要干核心工作!"年轻的李大霄给自己定下奋斗目标。为着这一目标,李大霄不仅暗中勤学苦练,还一有空就往屠宰场跑,不怕苦不怕累,义务帮忙。那时的李大霄,有的是力气。一次,主刀扭了脚,动作不利索,就喊常常来帮忙的李大霄试试杀猪。没想到,李大霄手到猪倒,刀起血喷,瞬间杀好一头猪……李大霄这一试,试成了核心工作——屠宰场主管看到一身蛮力的李大霄,把他申请调到屠宰场,专门杀猪。半年后,李大霄成了屠宰场的头号屠宰工——一天杀数十头猪既快又干净。

果然不一样了,干上了核心工作的李大霄很招人待见,烟有人敬,好话有人讲,甚至那个和李大霄一起顶职进来至今还干着不太招人待见的活——在每头杀好的猪身上盖红印子兼搞卫生的叶檀,也有意无意向李大霄靠拢……最终,李大霄和不太招人待见的叶檀待见到了一张床上,成了夫妻。

在屠宰场招人待见了几年,李大霄才明白,他的核心工作只局限于屠宰场,要在站里招人待见,还得管人。此后,李大霄奋斗的目标就是当站里招人待见的管理人员。功夫不负有心人,拿下了食品站站长后,李大霄以工代干,正式当上了管理人员。可是,管人的活没干几年,国营食品站竞争不过私人的,关门了。

下了岗的李大霄感觉就像走在地上的鸟。经过了痛苦的思想斗争后,李大霄离开了乡下,到城里谋了一份建筑工地的杂工,工地上谁都可以对其大呼小叫,特不招人待见。

"鸟一定要在天上飞!"经历了无数的痛苦后,李大霄无比坚信父亲早年的"鸟说",并把这句话当成了人生的座右铭——座右铭这三个字是李大霄在工地上听来的。

李大霄这人属于有目标更有行动的人——那几年里,李大霄真是卧薪尝胆,吃遍苦头,逐渐熟悉了泥工、木工、电工以及工程预算,最终当上了只有五个人的工程队队长。

小小队长不仅在施工队里招人待见,也能发家。发了家的李大霄却没有好好建设其小家,李大霄和工程承包商的堂妹好上了——李大霄想当和承包商一样更招人待见的人物,和承包商的堂妹好上了,离目标就更近。

你不得不佩服李大霄的毅力和追求目标的执着——几年折腾,李大霄居然当上了令无数小工程队队长待见的承包商。

风风光光地当了几年承包商,李大霄却在这时意识到了要在建筑界里更招人待见,就得拿地皮,有了地皮,开发房地产,身边大批承包商围着转——就像现在李大霄围着他的老板大地产商转一样,那要有多招人待见就有多招人待见。

李大霄是个不达目的不罢休的人。为了心中的目标,他想尽一切办法,穷尽一切所能。李大霄拿下了一个位置显赫的人物后,拿到了第一块地皮,正儿八经干上了特招人待见、令人羡慕的房地产开发商。

有了一块地皮,就有了更多地皮。当一块又一块地皮在李大霄手上开发成了房产,一拨又一拨的承包商围着李大霄拿工程,一个又一个女人跟着李大霄出出入入,李大霄陶醉了:干活就要干核心工作,做鸟就要展翅高飞……

可是好景不长,干了几年特招人待见的开发商,随着显赫人物的倒台,李大霄也被牵进去了。

"鸟一定要在天上飞!"郁郁的李大霄在里面常常望着铁窗外的鸟,望着飞累了落在地上快活地跳来跳去的鸟,看着看着,仿佛自己也成了鸟,可鸟跳完了耍够了,飞走了,李大霄却飞不起来,还在铁窗里。

鸟一定要在天上飞。这是父亲早年的鸟说论。

鸟飞得再高,也要落地走,那叫脚踏实地。这是父亲后来的鸟说新论。只是,父亲说的时候,李大霄正干着特招人待见的核心工作,看都没看父亲一眼。

家 有 芳 邻

那一年台风,洪水冲毁了一切。我们一家搬进离村几里外一座废弃的粮库暂时安家。

几千平方米的粮库,住着我们一家三口,空落落的。自从听说有人在粮库里上吊死去这事后,一到晚上,妈妈和我一进房间就再也不敢出门一步,任凭硕鼠在隔壁房间翻箱倒柜⋯⋯

那时候,一家人最希望的是晚上有人来串门。为此,妈妈准备了黄豆、花生,炒好存好,家人舍不得吃,专候客人——可是,晚上谁会来呢?

没人气的凄惶日子过了大半年,一天,复员军人张才来看粮库。张才进了粮库左右扫了几眼便对爸爸说,腾几间房子,他一家也搬过来往。

只要来个人就行,我们一家别提多高兴了,赶紧腾房子。

张才不愧是军人出身,干脆利落,头天一说,第二天就带着老婆和大大小小七个儿子,开着一辆四轮车把家搬了过来。

尽管当天晚上,张才的七个儿子比硕鼠还厉害,把粮库翻了个底朝天,还把我家存的黄豆、花生扫光了,但那天晚上,我们一家睡得异常安稳。

安稳的日子没过多久,矛盾就来了。

搬进粮库后,爸爸请人在粮库门口修了个沼气池,准备用来照明和煮食。好不容易积了三个月的肥,气刚用上。张才的四轮车每天进进出出,把沼气池的铸铁盖压裂了。妈妈就和张才说:"张叔,你的四轮车进出时小心点儿,别把铁盖压坏了。"

"还用什么沼气?改用电用煤!"张才毫不理睬。

第二天,四轮车出门时,没避开铁盖,重重地把铁盖压成了两半。

"张叔,你怎么这样呢?"妈妈冲着轰轰响的四轮车喊。

张才看了妈妈一眼,车没停就走了。

爸爸出来后,让妈妈不要嚷,然后用铁线把盖子箍好了。

半晌午时分,爸爸妈妈在地里干活,张才的四轮车拉回了满满一车土。

"把沼气池给填了!"张才招呼他的大儿子、二儿子。

"你们干吗填我家的沼气池?!"我冲上去阻止他们。

"小毛孩懂什么!"张才老鹰捉小鸡般把我推开了。

我爬起来又冲过去,还没等我靠近沼气池,张才一手把我夹起来,另一手从车上抽出一根绳子,把我牢牢绑在我家门上。

中午,爸爸妈妈回来了,看到被填得严严实实的沼气池和被绑着的我,从不大声说话的爸爸从家里拿了一把刀冲出家门……

"你想干什么?"张才端着一碗粥边吃边迎上来,"你有一把刀,我家里有两把更锋利的。"

张才的大儿子马上把两把刀递给他。张才没接。

铁塔般的张才横在瘦弱的爸爸跟前,就像横着一堵墙。

爸爸把刀狠狠地砸进了地里,然后蹲下去哭……

没了沼气,只好改用电。工人来拉线时,张才甩烟给工人,要求工人用黑胶布包严接头,不能马虎——不明就里的还以为他是主人。

"老李,这用电可不比用火,要注意安全啊!"张才甩了根烟给爸爸,全然忘记了前几天两家人还拿刀相对。

爸爸下意识地接住了烟,却仍然气鼓鼓地张了张嘴没搭话。

沼气池事件后,我们两家的日子倒还平静,没再闹什么别扭。

张才却和全村人闹了别扭:他看中了村里一块沙地,准备挖沙出售。沙地上,村里人你一块我一块开荒种着番薯。这么多家的番薯,要一家一家去通知来收,张才没那个耐心。他叫上几个儿子,把沙地上的番薯全刨了,大大小小装了两四轮车,倒在粮库门口。

"你说你家开荒种了番薯,你种了多少,自行拿走!"张才凶神恶煞般对上门讨说法的人说。

你横,我比你更横!张居家七兄弟齐上门讨"说法"。张才带着虎狼般的几个儿子和张居家上演了一场全武行……最后,张才和张居两个带头的都被请进了派出所。

"不服?再来干一次!"拘留三天出来后,张才和张居在村里遇上,张才向张居挑战——那场全武行,张才和几个儿子以一当十,锐不可当,张居想着就发怵。

拘留出来后,粮库门口的番薯被村里人领回了一半,还有一大半没人上门讨要。

"吃两个鸡蛋赶赶霉运！"拘留出来后，吃了老婆煮的两个鸡蛋后，张才带着几个儿子开始挖沙。

挖沙一年，张才先把粮库门口的烂泥地全铺上了水泥。后来，他又赶在当年的台风来之前，叫人拾掇粮库的平房屋顶。粮库里，你进我退，大部分的平房被张才家住上了，我家人少，只用了四小间。屋顶拾掇到我家边上时，工人正准备收工。

"停什么停，台风要来了，都给拾掇好后再下来！"

我家住的四间平房屋顶也被拾掇一新，挡住了这一年的台风，却让妈妈又气又笑地洗了三天东西——我家屋子一点儿准备也没有，东西尽染上了白灰！

又是一年台风季节。那天，我的芳邻张才把正在给我们三年级上课的吴校长喊出教室："台风快要来了，我明天来修房，让学生歇假！"

校长看着明晃晃的天，又看着一本正经的张才，说了一句："莫名其妙！"

第二天，张才果真带着十几个人，开着四轮车来了。

"修房啦！修房啦！"张才一吼叫，我们一哄而散。

"谁叫你来的？胡闹！"校长怒不可遏。

"上屋！上屋！"张才理都不理校长，招呼工人。

三天后，学校所有屋顶焕然一新。我们重新上课两天后，台风真的来了……教室里没了雨水玩，我们很惆怅。校长则是又高兴——学生终于不用淋雨了，又担心——不知什么时候张才会来讨要工程费。

张才一直没来讨工程费，直到我小学毕业，全家搬进了城里，换了新的芳邻。

水 本 无 味

龙井水不过是山里一汪再普通不过的山泉。

郁郁葱葱的两座山包裹着一块大石头,龙井水就从石头下潺潺流出,像小河一样,长年累月,经久不息。

那时,小镇上的人都喝井水,家门口就有水井,方便得很。谁也不在意几公里远的山上的龙井水。

喝上了自来水,比喝井水更方便了,遍布全镇的水井就慢慢荒废了。

小河漂浮来了几头吹了气般鼓胀的死猪时,小镇上的人不敢喝自来水——镇上自来水厂的抽水口就在小河的中游。

人们到处找水喝。

井水自然不能用了。人们居然发现找一瓢干净的水是多么困难!

有些人想起了龙井水。

呵!清凉甘甜无比!喝过的人纷纷赞叹。

铁桶、木桶、塑料桶、矿泉水瓶,能用来装水的都用上了。肩挑、手提、车载,男男女女老老少少都来了。

龙井前车水马龙,人头攒动,成了小镇一景。

某日,小镇领导陪同一个老板在小镇考察。老板姓贾,贾老板看着喧嚣如集市的龙井,感叹,水为财,好水,好水!

好水未见得,一场突如其来的流感却袭击了小镇。

流感肆虐时,贾老板不顾安危,又到小镇考察。

贾老板前脚刚离开小镇,镇上穿白大褂的就带了很多人来查封龙井水:"流感来得蹊跷,怀疑与不洁用水有关。龙井水未经化验,为安全起见,请大家暂时不要饮用。"

小河上吹了气般鼓胀的死猪早漂远了,龙井水又不让用,大家只好用回自来水。虽然自来水自始至终有股淡淡的咸涩味和放多了漂白粉的刺鼻气味。

龙井水潺潺而流,像小河一样。

三个月后,流感被控制住了,原因是禽流感,与龙井水无关。

既然与龙井水无关,自来水又有味道,很多人便开始怀念起清凉甘甜无比的龙井水。

龙井却变了样——砌了一座亭子,整修了接水的地方,接了大小不一的若干出水管……贾老板在流感期间,以迅雷不及掩耳之势投资改造了龙井。

"大家放心,本人投资改造龙井,志不在挣钱,只是不忍看到大家饮用有味道的水,方便大家而已!"有投资就要有回报,然而,贾老板却对来接水的人意味深长地说,"水本无味!"

人们看了看在镇领导陪同下,眯缝着一双小眼睛,笑容满面的贾老板,突然热烈地鼓起了掌。

"相传,一个龙女思念凡间的郎君,不畏龙宫阻挠,在一个月明星稀的夜晚,悄悄逃出龙宫。没料想,快出龙宫时,龙王发现,穷追不舍。龙女慌不择路,冲出水面时,顶起了两座山……凡间的郎君四处寻觅龙女,未果。郎君悲悲戚戚,纵身投海。眼看着心爱的郎君葬身大海,头顶两座山的龙女却动弹不得。龙女哭啊哭,泪水汹涌成泉,于是就有了今天的龙井水。"

刚听到这个传说时,镇上的人开始以为讲的是与他们无关的事。后来,当外地很多人来探寻龙井时,人们才恍然大悟,龙井原来也有这么美好的传说!

物以奇为神。龙井水有了龙女传说,神了。

镇上的自来水厂却日渐垮了。自来水厂后来在镇领导的斡旋下几乎是白送给了贾老板。

"本人原想一直为大家多做点实事好事,无奈刚收购了自来水厂,需要改造,资金周转困难。为让大家喝上放心水,同时制止现在无序使用龙井水,从明日开始,龙井水象征性征收费用。"在镇领导的陪同下,贾老板眯缝着一双小眼睛,笑容满面地对龙井前人头攒动的人群说。

人群骚动!

"我说的是象征性收费,大家都能承受。我要是想挣钱,早就收费了。象征性收费的目的是要大家都来呵护龙井水,让大家永远都能喝上清凉甘甜无比的龙井水。"望着骚动的人群,贾老板公布了收费方案:50 斤装水每桶收 5 毛,可自备水桶,也可租用专门的桶,可自提,也可送上门——每桶加收 5 毛。

骚动的人群稍稍平静了下来——毕竟是象征性收费,与市场上一桶纯净水至少 6 元相比,5 毛钱一桶不算贵!

尽管龙井水收费了,来要水的还是络绎不绝——很多外地人也争相来品龙女水!龙井水如今不仅是龙女水,还富含矿物质、负离子,是健康水、长寿泉!

的确是物以奇为神!龙井水神了,来要龙井水的人群挤满了龙井前的亭子。"为有序开发,平抑市场"——这是贾老板的话,龙井水的价格只好一涨再涨。如今的龙井水,已经卖到 50 斤装一桶 8 元,比便宜的纯净水还贵。

当然,龙井也大变样了,已经改造成了花园式的小型水厂。

唯一没变的是自来水仍然有淡淡的咸涩味和放多了漂白粉的刺鼻气味。小镇上的人却大多用回了自来水,龙井水已经大步走出小镇……

人

上学的时候,老师教了"人"字。大就解释说,许许多多的人站在一起写成了"人"字。许许多多人里,就有了高低之分,有的站在"人"字的头部,更多的成为"人"字的一双腿。

我惊讶于大的解释,但我从此知道了人有高低贵贱之分,我也努力向上爬,向上爬……

当我自我感觉已经到了一定的高度,我便从容地接受,从容地理解,从容地蔑视一切卑贱的东西,一丁点儿的可怜心态早被自己的妄自尊大蚕食得点滴不剩。

回乡下亲眼看见大和娘的艰辛和卑微,我的从容便受到了挑战。那天,走过熟视无睹、每每掩鼻快跑的楼下垃圾桶时,那个每天靠这三个垃圾桶为生的驼背老女人,又围着垃圾桶,弓着腰,就如一只弯曲的虾在扒垃圾。我竟把这老女人与乡下的娘做了对比,感觉娘竟和这老女人十分相像。我不禁放慢了脚步,手却还掩着鼻子。

上了楼,我脑海里总拂不去娘的一幅速写画:娘弓着腰,挑着粪土去下地,娘弓着腰就像虾……一会儿,这拂不去的娘的速写画又与楼下这衣衫褴褛、弓着腰,向高过她人的垃圾桶探寻废品的老女人的速写画重叠在一起……我变得苍白无力，连同我的思维和我的尊大。

第二天，经过楼下垃圾桶时，那弓着腰的老女人又一手撑着桶沿，一手在桶里劳作，旁边一个脏得发黑的袋子里装了半袋子废品。

我没理由加快脚步走离这垃圾桶，走离这跟我娘一样的女人。可是，一股恶臭扑鼻而来，我已呕了出来，我只好掩鼻子迅速离开这垃圾桶，离开娘一样的女人！

我感觉我的嗅觉已经退化，我为我嗅觉的退化而感到脸红。我曾经为捡到冒热气的猪粪蛋而兴高采烈，我曾经被正午的太阳暴晒几个钟头只是出点儿汗而一点儿毛病都不曾有过。我怀疑我的尊大，我怀疑娘的卑微。

下班回来的路上，我竟有种和捡垃圾的老女人接近搭讪的冲动。

老女人正拖着她一日的成果到大院门口出售。老女人拖着半袋子成果，腰弓得几乎贴着腿，左手拖袋，右手撑地，拖一步停一步，远远看去，像一只黑青蛙在缓缓爬动，爬动……

娘弓着腰挑粪的速写画随即掠过脑海，我想到娘会老，娘也会成为四脚黑青蛙……

"废纸1毛，废铁3毛5……"一个肥头大汉提着秤在向老女人报价，肥头大汉一脸的红光。

"昨日纸1毛1，怎么就降了？"老女人侧着脸问，我看见了像刀刻过又长了锈的满脸皱纹。

"昨日是昨日的价，今日不同啰！"看着老女人只有一丁点儿废品，肥头大汉不屑一顾，继续喊开：

"废纸1毛，废铁3毛5……"

"就按昨日的价,纸1毛1,铁3毛8吧?"老女人在哀求。

"不行,收了这么多都是这个价。"

老女人哀求的眼睛显出了无奈,只好把半袋子东西交给肥头大汉过秤,嘴里又不停地嘀咕着不要骗老人家,骗老人会遭报应的。

肥头大汉一脸的不耐烦,把称好的废纸废铁重重地扔在地上:"别啰啰唆唆,谁骗你的秤!"

老女人便住了嘴,从肥头大汉手里接过几张毛票子,沾着口水,数了一遍又一遍,像永远也数不清……

我目睹这一幕,心里说不出是愧疚还是怜悯她。我快步走上去,掏了一张百元钞,塞给老女人。老女人怔住了,用一双不会转动又毫无神情的眼睛斜着看我。

"拿去用吧,别再捡垃圾了。"我尽量放低音量尽量谦和地对老女人说。

老女人拖着袋子,没有推辞,眼里也没半点感激,缓缓地走了,像一只黑青蛙在缓缓地爬动,爬动……

我心安了许多。

我料想老女人起码十天半月不会再到恶臭无比的垃圾桶去折腾了。

没想到,第二天清早,我一出门,老女人又在三个垃圾桶里捣鼓,引得成群苍蝇嗡嗡叫。

下午,老女人又在大院门口出售成果,老女人看了我一眼,像是不认识,又去讨价还价。

"照昨日的价,纸1毛1,铁3毛8。"

收购废品的瘦高汉子终是没能满足老女人的要求。

卖了废品,老女人转过了身,拖着袋子,弓着腰,右手撑地,缓缓地到了我眼前。老女人神情严肃，放下袋子，左手插进衣兜里摸了半天。我不知道老女人想干什么，感谢我？我想我是将她当成乡下卑微的娘，用不着感谢！

"给……"老女人硬撑着直起腰，把从身上摸索出来的百元钞塞到我手上。然后又弓着几乎贴着大腿的腰，右手撑地，活生生一只四脚黑青蛙，向大院爬去，爬去……

我呆呆站着，撑开着脚，垂着手，夕阳下，活生生站成一个"人"字。

唉！人！

葬　石　记

老李头一生只打过一次仗，在一个遍布雨花石的山头上打了一次惨烈无比的仗。

那一仗回来，老李头左裤袋里装了大小不一的 20 块雨花石，右裤袋也有 16 块。

几十块雨花石有扁圆的、椭圆的、鼓圆的、鸭蛋圆的，形状各异；有桃红的、柳绿的、杏黄的、青紫的，五彩斑斓。

这些雨花石伴随着老李头走过辉煌的几十年。老李头带着这些雨花石，一次次去演讲，感动了无数的人。

"一个敌人大大咧咧地攻上山头来。我斜靠着一棵松柏树，举枪瞄准他的大脑袋……"老李头从左裤袋里掏出一块圆圆鼓鼓的紫罗兰色的雨花石，"枪响人倒，敌人立马见阎王去了……"

"有个矮个子敌人，不怕死，往山上攻了几次，都被打回去后，想从侧面偷袭……"一块扁平的桃红雨花石被老李头拍到桌子上，"但是再狡猾的狐狸也逃不出猎人的手心。我掉转了枪口，屏住呼吸，看着他慢慢上来……近了，近了，近得不能再近了，我扣动了扳机……"

左裤袋里20块雨花石——被老李头摆到了讲演的桌子上。一块雨花石代表一个被老李头击毙的敌人。

台下，热血沸腾。

"这个是敌人的探子，贼眉鼠眼的，趁我们歇息，偷偷出来打探情况。我发现时，探子正往山下跑……"老李头从右裤袋掏出一块三角形的黄褐色雨花石，"说时迟，那时快，我举起了枪。可惜了，那一枪只击中他的左肩。我再次举枪时，埋伏着的敌人向我反击了……让他捡回一条命！"

"总攻开始了，我们像猛虎下山，见一个打一个，子弹打光了，我就用枪托砸……一个正在逃窜的敌人被赶上了，我二话没说，冲上去就是一枪托。"老李头从右裤袋里掏出一块色彩斑驳的雨花石，"一枪托下去，敌人在地上打滚。顾不上结果他了，我们一路冲下山……胜利了，我们胜利了！"

右裤袋里16块雨花石也——被老李头摆在了桌子上。一块雨花石代表一个被老李头击伤的敌人。

台下，掌声雷动。

那次战斗，老李头击敌20、伤敌16，名噪全军。那次战斗，老李头也付出了惨重的代价，身中三弹……

老李头出院时，新中国成立了，没仗可打了。

没仗打的战斗英雄老李头一次又一次被请去讲演。老李头和他的雨花石名扬天下。

多年后,请老李头做报告的越来越少了。

闲下来的老李头每天仍然把雨花石分装在两个裤袋里,到处走。石头把草绿色的军装撑得鼓鼓的,老李头一有空就把雨花石掏出来,一遍又一遍地看,一遍又一遍地数。

一次,数着数着,老李头突然发现那块拇指大的杏黄色雨花石不见了。老李头那个急啊,恨不得挖地三尺。最终,老李头发现杏黄色雨花石从左裤袋脱线的地方掉出来,躺在了沙发上……老李头把失而复得的石头握在手心里,久久不放。

老李头亲自把裤袋严严实实地缝了三遍。

看雨花石,数雨花石。看完数,数完看,然后自言自语,这是战斗英雄老李头不做演讲时的全部生活。

生活虽然单调,老李头却感觉幸福无比。就是在中风最严重的日子里,老李头讲话异常艰难,也每天看雨花石,数雨花石,一脸满足。

老张头从台湾回来,专程到干休院找老李头。两个老头相见,抱头痛哭——老李头和老张头是光屁股长大的兄弟,老李头大老张头三岁,老李头参加革命后,两人就失去了联系。新中国成立后,老李头到处查找老张头的下落,无果。

"你参加革命走后,我继续在村里放牛。有一次,走丢了一头黄牛,为寻找黄牛,我被国民党抓去当壮丁。我那一批被抓壮丁的,有二十多人,都是穷苦人家。苦啊!一路上跑了两个,一个被抓回来打断了腿,其他糊里糊涂上了战场,最后只剩下两个活着到了台湾……"老张头老泪纵横。

老张头走后,老李头很长一段时间不看不数雨花石。后来,他把雨花石从裤袋里掏出来,堆在了房间的角落里。

大病了一场,老李头出院后,行动不利索了,每天靠着干休院的北墙晒太阳。阳光下，裤袋里空空的老李头更显得干瘦。

秋风把院子里的落叶一片片吹落。黄叶随风四处飘，好像在寻找自己的归宿：有的飘进水沟，东流去；有的飘进花丛草丛，化作春泥……

看着落叶飘飞，老李头眼角潮湿。

"回……回……房间。"老李头让护士推他回房间。在房间角落里，老李头看着两小堆雨花石布满了蜘蛛网，一只细小的蜘蛛还在辛勤地织网，便喊护士："装……装……起……来！"

新来的护士不知道老李头要装什么。

"装……装……石……"老李头憋得满脸通红。

护士好不容易才弄明白老李头要把房间里的这两小堆雨花石装回裤袋。她问："首长，您装这些石头干吗？"

"埋……埋了……"老李头示意护士推他出房间，"生……生命……"

在干休院南边的一片杂草丛里，老李头让护士扶他坐到草地上。

重重坐到草地上的老李头用手小心翼翼地刨开两个深深的土坑。

刨完了坑，老李头哆嗦着手先从左裤袋里一块块掏出雨花石，然后异常庄重地放进坑，填土，压实……完了，又把右裤袋的雨花石掏出，放进另一个土坑……

两个裤袋的雨花石分别放进了土坑，埋成了两个小土堆。

做完了这一切，老李头呆呆坐着一动不动，泪流满面地念叨着："生……生命……"

一阵北风横吹，飞沙走石。护士担心老李头受凉，劝他回房间，老李头还是呆呆坐着不动，眼角，不易察觉的泪缓缓流下……

"忽如一夜春风来,千树万树梨花开。"夜晚,下起了冬天的第一场雪。早上雪停,干休院银装素裹,阳光把两个雪白的土堆照得异常耀眼。

老李头随着冬天的第一场雪走了。

女孩和蝌蚪

女孩扎着两根辫子,一甩一甩的,就像夏日花丛中飞来飞去的蝴蝶,煞是招人怜爱。

刺耳的蝉鸣在空旷的田野里长长地鸣叫着,却怎么也拖不长地上女孩的影子。女孩手里捏着玻璃瓶,踩着自己的影子静悄悄地走向田野。

从老师讲《小蝌蚪找妈妈》的那一刻起,女孩就萌发了一个念头:要到田野里找蝌蚪,然后把小蝌蚪养起来,免得小蝌蚪四处找妈妈。

小蝌蚪多么可怜,一出生就不知道自己的妈妈。女孩一边走一边想。

到了小溪边,女孩把瓶子轻轻地放入水中,可是,瓶子触着水的那一刹那,小蝌蚪四处逃逸……

"小乖乖,别跑,别跑呀!"女孩柔声呼唤着。女孩把瓶子放入水里的动作又轻了些许,可是,不管女孩的动作多么轻巧,机灵的小蝌蚪还是四处逃逸。折腾了半天,小溪里的小蝌蚪一只也没抓着。

女孩轻轻叹了口气，转身到水稻田里找小蝌蚪。

一群小蝌蚪在一泓混浊的泥水里东窜西窜，煞是不安。

女孩用瓶子淘水，把一小坑混浊的泥水一小瓶一小瓶地淘走……

水干蝌蚪现。女孩轻轻地把小蝌蚪装到瓶子里，又到小溪里装了半瓶清水。

刺耳的蝉鸣还在空旷的田野里长长地鸣叫。女孩双手紧紧捏着玻璃瓶，一边走一边对小蝌蚪说："小蝌蚪啊，小蝌蚪！你再也不用找妈妈啦！你快快长大吧！"

一个底大颈小的玻璃瓶从此摆在女孩小小的写字台上。清澈透明的瓶子里，多了女孩放进去的几片水草。小蝌蚪在瓶里欢蹦乱跳，女孩在瓶外欢蹦乱跳。

日子一天一天过去，小蝌蚪的脑袋越来越大，尾巴却越来越小。一天，女孩的爸爸领了一个陌生的漂亮女人回家。女孩的爸爸要女孩叫"妈妈"。

女孩怔怔地望着她的蝌蚪，嘴张了半天始终没能叫出来。

"叫啊，叫妈妈。"女孩的爸爸在一旁着急地催促女孩。

女孩仍然怔怔地盯着玻璃瓶里尾巴越来越小、脑袋越来越大的小蝌蚪，叫不出声。

"一回生，二回熟，慢慢就习惯了。"陌生的漂亮女人走近女孩，尴尬地摸着女孩的两根辫子。

女孩找到了妈妈，女孩从此也找到了一家三口的尴尬。

女孩继续养着她的小蝌蚪。

小蝌蚪一天天长大，先是尾巴渐渐没了，而后又长出了四只脚。随着小蝌蚪的整个大脑袋变了样，小蝌蚪已经不再是小蝌蚪了，小蝌蚪长成了小青蛙。

那一刻,女孩的心里空落落的。

女孩在蝉还在田野里长长鸣叫着的时候,手里捏着玻璃瓶,踩着自己的影子静悄悄地走向田野。女孩把在玻璃瓶里日益长大的小青蛙倒入清澈的小溪。女孩倒下了半瓶子小青蛙,怔怔地看着小青蛙和小溪里的小蝌蚪一块儿游来游去。看着看着,女孩仿佛觉得自己也成了一只小蝌蚪,在小溪里游啊游……

秋日的蝉儿还和夏日的蝉儿一样,在田野刺耳地鸣叫。

风　筝

女孩很美,弯弯的小月眉,水汪汪的小眼睛,脸上还有两个带笑的小酒窝。

女孩很纤弱,坐着像一根竹竿,站着更像一根竹竿。

女孩每天都坐在角落里卖风筝。风筝很美也很多,有牛、有马、有猫、有兔、有蝴蝶、有蜜蜂、有鹦鹉、有孔雀……一地儿的动物,都像女孩一样美,也都像女孩一样纤弱。

"春天里,百鸟争鸣,在春天里放风筝,天空是多么美妙。"春天,女孩向路人侃侃而谈,那水汪汪的小眼睛,一闪一闪,使人感觉那眼睛能伴着风筝在空中飞翔。

"夏天来了,百花争香。在夏天里放风筝,花儿有了伴,草儿有了友。"夏天,女孩穿着短袖汗衫,露出两节小笋儿似的手臂,眉开眼笑。

"秋天,秋天是放风筝的最佳季节。天高地阔,任凭风筝飞翔……"秋风瑟瑟,女孩的热情没减。

"冬天,白的地,蓝的天,百鸟入巢,唯有风筝伴着风儿在飘啊飘……"

一年四季,女孩都在市场的角落里卖风筝。但我发现女孩的风筝几乎无人问津。

女孩不是本地人,女孩来自风筝之乡,可这里的人不习惯放风筝。

每次上街见着女孩,我便有心酸的感觉,纤细的女孩,纤细的风筝。

后来,每次上街,我总要到女孩那里买两只风筝。女孩水汪汪的小眼睛眨啊眨,女孩帮我仔仔细细地挑:春天里风小,要放鹦鹉、蜜蜂;冬天里风大天高,要放牛放马;夏天,阳光下的孔雀最美丽……

买了一年的风筝,我家里堆了一屋的风筝。我没放过,也不会放,但每次上街,我依然买两只风筝。

后来,我搬了家。搬家时,我发现早先买的风筝有的霉烂了,有的折翅断翼。我扔掉了半屋子的风筝,剩下的送给了邻居的小孩子们。从没放过风筝的小孩子们蜂拥而上,把半屋子的风筝糟蹋了。

搬了新屋好久没上过街,上了街,看到女孩,看到女孩漂亮的风筝,我又想买两只风筝。

"姑娘,我买两只,一只孔雀,一只蝴蝶。"

"对不起,我不卖。"女孩望了我一眼,全然没有先前的热情,冷冷地说。

"为什么?"我觉得奇怪,女孩每天在这里摆摊,不就是为了卖风筝糊口吗?

"……"

"你扎的风筝形状很漂亮,我每次都会来买的呀!"

"……"女孩还是缄口不言。

"姐姐,你的风筝很漂亮哦!"一个扎着马尾辫的小女孩晃动着头上的一对"花蝴蝶",对女孩说。

"是吗? 小妹妹,你喜欢?"女孩眉开眼笑。

"喜欢。这只多少钱?"小女孩指着一只蝴蝶,侧着头问。

"三块五一只,小妹妹。"女孩恢复了热情。

"我没那么多钱,能买吗?"

"只要你喜欢。"

"真的?!"小女孩高兴得直拍手,掏了半天才从口袋里掏出两元钱,"给你,姐姐。"

女孩收了钱,把风筝交到小女孩手里,跟小女孩嘀咕了半天,要怎么放,线怎么收……

小女孩兴高采烈地走了。

"姑娘,我买两只,一只孔雀的,一只蝴蝶的。"

我明明见着女孩卖风筝,她还能不卖给我?

"对不起,风筝不卖给糟蹋它的人。"

"糟蹋风筝?!"我一阵脸红。

"是的,你糟蹋了风筝,花了钱就可以随意糟蹋吗?"女孩说完从风筝架上拿出几只霉烂了的风筝,"这是我扎的风筝,都烂了。"女孩似乎哭着鼻子。

"你怎么知道是你扎的,又是我糟蹋的?"一阵脸红后我开始狡辩。

"每只风筝上我都写了个'青'字,不信,你看。"女孩指着霉烂的风筝的一角,让我辨认。

每一只风筝上的的确确都写了个"青"字。

"我扎了三只马,只卖出一只,是你买的。"

女孩指着头快掉落的马风筝,悻悻地说。

我低下了头。

女孩不再出声,空气似乎凝固了。

"你不要再买了,我把这几只翻新后你过几天来拿。"良久,女孩恢复了柔声细气。

我不敢望女孩的脸,悄悄走了。

我自然没勇气去拿回风筝,我更没勇气去怜悯卖风筝的女孩。

半 边 楼

半边楼,不是只有一半的楼,而是一半有生命的楼。当然,这种说法或许不太确切,反正在我搬来前,人家就管这叫半边楼。

我刚搬来时,确实以为只是半边有生命,东边——有生命的这边,连我统共五户人家,每天上班下班一致,晚上做饭也几乎同步,围着自家门口,争抢一个公用水龙头。那景象,真是热火朝天。西边,是五个关闭的门,门前虽也有锅碗瓢盆,可这些锅碗瓢盆是没生命的,冷冷冰冰的。

每天踩着时间上班下班,一个月下来,我没发现西边有什么异样,冷冷清清的锅碗瓢盆,冷冷清清的走廊,我确信西边楼没生命无疑。

腊月的一天,北风呼啸,吹打着玻璃窗让人心惊胆寒。我一觉醒来感觉踩不着平时的钟点,索性又钻回被窝。

我睡足了觉起来打开门时,听到风声中有音乐声若隐若现。我抬起头,发现西边有一穿白衣服、小个头、头发稀稀疏疏的老头挺着背侧对着我在走廊上。他左手伸成"V"形,肩上搭着一把小提琴,右手一拉一扯。

风中分辨不出旋律,只感觉那老头拉得异常专注,好像是学生面对考官。

过了一会儿,音乐声戛然而止,老头取下小提琴,转过身,弯着腰进了门。

我猛然清醒过来,西边楼有生命!

我赶紧走到半边楼的西边。我面前的一扇木板门紧闭着,宁静、平和,不,是阴森、沉闷、死寂,哪来的生命?可我明明看见那白衣老头弯着腰跟跟跄跄走进这木板门!

我好奇于有生命的西边楼。后来有一次,我特意在听到音乐声的时间回半边楼,躲在一楼的楼梯口窥探那白衣老头的出现。老头又出现了,还是一袭白衬衣,挺着那早已伛偻的背,开着木板门,面对门口,拉起小提琴。

看不清老头的脸,我感觉老头打起了十二分精神。我不忍心打破这美妙的气氛,一动不动地躲着听。音乐重复完我第一次听到的便又戛然而止,白衣老头依然弓着背进屋,然后轻轻拢上木板门,一切恢复平静。

我第三次听白衣老头拉小提琴时,我的忽然出现,惊着了他。

那是夏天的一个上午,我补休在家。熟悉的音乐声一响,我便轻轻开了门,探出半个脑袋朝西边走廊张望。

老头子又出现了。不过,他不再穿着一袭白衣服,他上身穿着一件发黄的白背心，下边是黑长裤，光着脚，裸着双枯枝般的手，在门口摆好架势，异常专注地拉着小提琴。

我身不由己地慢慢往西边挪，当我到了老头背后时，老头的音乐戛然而止，他转过身那一瞬发现了我。他赶紧羞涩地低下了头，旋即弯着腰进屋。

"您拉得真好！"我尴尬地说。

"不，她爱听。"老头指了指屋子。我顺着老头的手指往屋里望，狭窄的屋子里，一个老女人几乎脱光了头发，如虾米一样侧着身子弓在床上，一动不动。老女人望着进屋的老头，脸上绽出笑容。

"吱……"木板门轻轻合上了。

我呆呆立在门口，想着那背影，那曲子，泪流满面。

日　记

妈走得太匆忙了。日子正一天天好起来，妈却走了。

听到妈病危的消息，我悲痛欲绝，十万火急坐火车换汽车赶回家见妈最后一面。

妈是苦命的，爸老早就扔下我们，妈却在那几亩贫瘠的红土地里挖出吃食来，供哥和我吃饭、上学。

前几年，我就和哥商量过，我们兄妹俩打小就出来读书，远离了那片红土地，远离了孤寂的妈。如今，我和哥的日子都好过了，应该接妈来城里住。

哥回去跟妈商量,让她锁了几间人去楼空的大房子一块儿去广州。可是任凭哥怎么说,妈就是不肯离开老屋半步。哥说多了,妈便对哥嗔怒起来:先前少盐少米的时候,这里住着都很舒服,现在不愁吃不愁穿,哪样不好?

火车晚点,错过一班汽车,我回到家时,妈已经合上了眼。

我和哥强忍着悲痛料理了妈的后事。

处理了后事的第三天,哥说把妈生前的东西收拾整理一下,该带出去的东西带出去,末了把这几间屋锁了托二伯保管。

看着妈生前用过的一针一线,我泪流满面。本该一两个钟头整理好的东西,我竟悲悲切切地弄了一个上午。后来还是哥过来帮忙整理。哥一来,我便坐着发呆。忽然,哥停下了手中的活说:"怎么会有几个本子?"停了一阵,哥又说:"妈不太识字,从来不写什么,莫非是记了什么账?"哥推了推正在发呆的我。我回过神来,和哥一块儿仔细地看那几个本子。

第一个本子是小学作业本,显然是撕过好几页,里面用铅笔歪歪斜斜地写了一些莫名其妙的数字:

2.1	广州	18	武汉	−2	潮州	16
2.2	广州	17	武汉	−2	潮州	15
2.3	广州	17	武汉	−3	潮州	15
2.4	广州	16	武汉	−3	潮州	14

…………

整个本子,密密麻麻记录的是"广州、武汉、潮州"和一些莫名其妙的数据。哥和我满头雾水。

翻开第二个本子,又是和第一本一模一样的字和数据。

| 7.1 | 广州 | 30 | 武汉 | 32 | 潮州 | 30 |
| 7.2 | 广州 | 32 | 武汉 | 33 | 潮州 | 31 |

7.3　广州　33　　武汉　35　　潮州　32

7.4　广州　34　　武汉　36　　潮州　33

…………

第三本，第四本……总共十本，全部是"广州、武汉、潮州"和几个莫名其妙的数据。

看完这些莫名其妙的数据，我和这些莫名其妙的数据一样莫名其妙。这时，我发现妈下葬时都没哭的哥在一旁低声哭泣……

我扳过哥的肩膀，追问："哥，这是怎么回事？"

哥抽噎着："这是妈的日记，有了电视，妈就天天记录广州、武汉和潮州三地的天气！"

日记？天气？广州、武汉和潮州——哥、我和妈三地的天气？！

我醒悟过来，控制不住自己，大声号哭："妈——"

料理了妈的后事，我和哥都要回单位了。临走时，我提出把妈的日记给我们兄妹平分，哥同意了。

我分了妈的五本日记本回武汉珍藏起来，我也学妈一样留意哥、我和妈所在三地广州、武汉和潮州的天气预报，可每天的中央电视台只有广州和武汉的天气预报，收不着广东潮州的天气预报。我总觉得失去了什么，欠缺了什么……

手 帕 土

　　我从镇上中学拿回了大学录取通知书,也就拿回了一家人的慌乱。

　　先是父亲卖猪崽粮筹备我上学的费用,而后母亲也舍下地里的农活,托人从集市上买回一块的确良布,赶着为我裁剪两件像样的衣服。

　　奶奶,平日里最疼爱我的奶奶却像没事儿人一样,一天起床后对母亲说,她要去赶一趟圩。

　　"赶圩?!"奶奶说要去赶圩,一家人都愕然。自从前两年奶奶腿脚不便后,奶奶就再也没到镇上去赶圩了。

　　"是,去赶圩。"奶奶说得异常坚决。

　　"路不好走,你要买什么托人买回来就是。"

　　从我家到镇上,有十里路,都是崎岖的羊肠小道,母亲劝奶奶。

　　"我还能走。"奶奶要去赶圩的决心没得商量。奶奶一贯是有主张的人,谁都勉强不了她。

　　奶奶吃过早饭拄着一段杉木枝就出发了。

　　掌灯时分,一家人忙碌了一天准备吃饭,奶奶还没回来。

　　父亲心急火燎地出门想去找奶奶。这时奶奶拄着杉木枝回来了。

　　"你瞎折腾啥。"奶奶空着双手,父亲没好气地抱怨。

总算平安回来！母亲赶紧打圆场叫吃饭。

赶了圩后，奶奶也忙开了。

奶奶找村里的阿根，央求阿根下井里淘一抔泥土上来。

村里就只有一口井，全村三百多人全部喝这口井的水。井用石头砌成圆柱形，深而宽，石头上长满了绿茸茸的青苔，一般人不敢下井。

阿根起初不愿意下井，经不住奶奶的再三央求，还是下井了。

阿根从井里提出半水桶泥土时，奶奶千恩万谢。

奶奶从水桶里淘出一抔泥土，放到平时装糕点用的簸箕里，让我放到屋顶上去晒。

奶奶天天守着那捧土。谁也不知奶奶想干啥。

簸箕里的土晒了三天三夜后，奶奶让我端下来。

奶奶仔仔细细地挑走土里的石粒，就像从花生米里捡走土粒一样。

挑完了石粒，奶奶从屋里找来一块手帕。那是块土灰色的、四周裹有白线边的新手帕。

"奶奶，哪来的新手帕?"要知道，我们这些读书郎，也轻易用不上手帕，何况奶奶。

"买的。奶奶买的。"奶奶一脸的得意。

奶奶把手帕平铺在簸箕里，接着小心翼翼地把簸箕里的土捧到手帕上。随后，奶奶提起手帕的四个角，把四个角拧在一起，土汇集到了手帕中间。奶奶把手帕四角打成个结，手帕里包着土就像从前官家红布裹着官印一样。

我临出门时，父亲千叮咛万嘱咐我路上小心，看好钱物。母亲则是一会儿把我的毛衣塞进皮箱，一会儿又取出来，眼里始终有泪珠在转。平日里最疼爱我的奶奶却是神神秘秘地把我拉进她的屋子。

"孩子,把这带上。"奶奶颤抖着手,把包着泥土的土灰色手帕递给我。

"……"我愣愣地接过奶奶递过来的手帕。

"孩子,把这土带到学校去,撒进学校的水井里。"奶奶一脸的严肃和虔诚,"把土撒进井里,你就永远不会水土不服。"

"奶——奶——"接过奶奶的手帕土,我似乎明白了许多许多。

"孩子,切记切记! 黑黑的是井土。"

到了学校,奶奶的严肃和虔诚震撼着我,放下行李,我就在校园里找水井。

城里的学校早就喝上自来水,学校里根本没有水井!

我把那捧土,撒在城里的一片草地上。

那片草,多年来长势很旺。

荷 痴 老 罗

老罗痴迷荷花,逢人就讲独爱其"出淤泥而不染,濯清涟而不妖"。

人如其好,老罗在同事心目中犹如莲荷"中通外直,不蔓不枝",且是"可远观而不可亵玩"的君子。

痴迷荷花的老罗走到哪儿都背着大大的摄影包,把心中的爱荷一一摄入。举凡把荷花推举为市花的城市,远如山东济南、济宁、湖北孝感、洪湖，河南许昌，近如广东肇庆、江西九江，甚至是把荷花作为区旗、区徽的澳门，老罗无不流连忘返。

夏天是拍摄荷花的最佳时机，老罗最忙碌。一个夏天下来，老罗变得又黑又瘦。

老罗虽然喜拍摄荷花，也很敬业，奈何艺术素养浅，始终拍不出荷花的韵味——用办公室小侯的话说"拍的荷花全都是大路货"。

终究没能拍出有影响力的荷花，大家对老罗拍摄荷花的热情也就淡了下来。老罗却是痴迷不改，乐此不疲，该拍时拍，该在电脑上默默欣赏时独自欣赏。

那一段时日，老罗因痴迷于拍摄荷花经常请假，落下很多工作，被领导好一顿教训。领导正训得起劲，老罗却打断他："领导，我还有一幅荷花图没拍完，我先去拍，完了再接受批评！"

"敢情荷花能给你一切?!"领导气得脸红脖子粗。

"我爱荷花，我就是荷花！"老罗说完扬长而去。

老罗爱荷至此，已无话可说。

没多久，老罗索性辞去公职，专心拍摄荷花去了，走时，犹如一株荷花，"香远益清"，令人感叹。

老罗走后，很长时间没他的消息。若干年后，报上、杂志陆续发表署名"罗志才"的荷花作品，一打听是老罗所摄。

老罗的荷花，或早荷，或晚荷，无论是含苞欲放，还是大绽大放，荷叶上必是露珠晶莹，蜻蜓俏立，花蕊里蜜蜂流连，水里小鱼游走，鹅石沉淀。荷花、蜻蜓、蜜蜂、露珠、小鱼、鹅卵石，相映成趣，有机融合，浑然一体，令人赞叹！

精益求精，出尘嚣而不染，老罗终成了拍摄荷花的大家。成了大家的老罗拍摄到了花中珍品——并蒂莲。这幅作品让世人惊叹:青荷盖绿水,一茎着两花。花微微绽放,粉嫩妖娆,晶莹的露珠在阔大的荷叶上滚动……左边的荷花上,一只小蜜蜂在花蕊里忘情采蜜……

老罗的这幅《并蒂莲》在当年引起轰动,荣获国内、国际大奖,奖金丰厚。

老罗领奖回来,把《并蒂莲》拍卖,拍卖所得,悉数捐给慈善基金。爱荷而不亵玩,老罗犹如莲荷,品质令人赞叹。

又是一年荷花开,德艺双馨的老罗自然不甘寂寞。为躲开摄影"发烧友"的打扰,老罗独自一人背着摄影包来到一家名不见经传的荷花园。

大家老罗出手,自然不同凡响:绽放的并蒂莲上,荷叶露珠晶莹欲滴,蜻蜓俏立,蜜蜂在花蕊里采蜜忙,小鱼在水里悠游……自然,这幅《并蒂莲》又引起了轰动!

这幅引起轰动的《并蒂莲》发表不久,网络上的一段名曰《亵玩并蒂莲》的视频短片更引起轰动。

清晨,红日尚未喷薄而出,东边红艳一片,一老者瞅瞅四周无人,在荷池边放下摄影包,找角度,架设备……老者从包里掏出剪刀、别针,悄悄剪下一朵正在绽放的荷花,用别针把剪下的荷花轻轻别在另一朵同样绽放的荷花上……老者又从包里拿出一瓶蜂蜜,滴了一滴在花蕊上,再取小花勺,盛水,轻轻地淋向"并蒂莲"。随后,老者把包里的几块鹅卵石不经意般放入水里,又向水里撒些饲料一样的东西……一切准备就绪,老者迅速把剪刀、花勺一应物品收拾好,在架好的相机前屏声静气……蜜蜂来了,鱼儿来了,蜻蜓也不甘寂寞地飞啊飞……蜻蜓在荷尖上一点时,老者按下了快门……成功了! 老者欣喜若狂,赶紧收拾东西。临走时,他没忘了把那朵迎着朝日怒放的"并蒂莲"剪掉……

视频到此打出一段文字：一名摄影"发烧友"跟踪摄影大家罗志才，想偷师，没想到……

热热闹闹的视频事件后，各大荷园已是百荷开尽，莲叶枯卷，一派肃杀。荷痴老罗也如满园的荷花，焦黄焦黄的。

人情大如天

廖宇信奉一句话："人情大如天。"

多年来，廖宇不敢欠人情。

廖宇却在今年夏天欠了郭凯一个人情。

郭凯是廖宇的大学同学，在省教育厅工作。

廖宇的儿子今年准备升初中。为了给儿子找一所好学校，廖宇找了郭凯。

郭凯把廖宇的儿子弄进了一所省一级中学。

人情就这样欠下了。

"宁可被人欠，切莫欠别人。"按照廖宇的处世哲学，人情是要还的，何况是这么大的一个人情。

廖宇一直在找机会还人情。

多少次，廖宇有事没事给郭凯打电话，希望听到郭凯在电话里说："廖宇，有个事，你帮一下。"

"你是不是很希望我有个什么事啊？"问多了，郭凯不高兴了，骂廖宇咒他有个什么事……

人情就像一坨酵母，在廖宇的心里越发越大。

既然郭凯你没什么事需要我帮,那我就用最俗气的办法来还人情。廖宇带着一家人,提着精心采办的礼品,敲开了郭凯家的门。

三天来一回,是母猪回窝,没啥稀奇。廖宇三年没到郭凯家,郭凯对这位清高的同学异常热情。

廖宇离开郭凯家时,拎回来的比送去的价值高数倍。

人情还不了,廖宇心里堵得慌。

那天,郭凯打电话给廖宇:"我家的保姆好是好,就是多嘴,还手脚不干净,你也帮我留意一下,有好的介绍一个。"

尽管是"也帮"——当然还托其他人,可这个"帮"字从郭凯嘴里说出,还是让廖宇激动不已。

廖宇老家穷,但老家人实诚,出来当保姆的多,口碑好。廖宇请了一个星期假,直奔乡下。

"你是在挑保姆还是选老婆?"从家庭背景到文化程度,从家务手艺到人品脾气,末了还要带到县人民医院体检……廖宇姐姐看着弟弟的认真劲,开玩笑说。

廖宇的老婆是姐姐介绍的,邻村一个姑娘,当时在省城读书。姐姐只说带个大学生给廖宇认识,没想到一见面,什么也没问,就对上了眼。

"受人所托,尽忠办事!"五天里,廖宇见了 15 个保姆,忙得胡须拉碴,疲惫不堪。

廖宇介绍的保姆,郭凯一家非常满意,廖宇长长吁了一口气……

转眼,廖宇的小孩就要参加中考了。高中录取全凭成绩,为此,廖宇推掉了所有活动,一心一意陪儿子冲刺省一级高中……

成绩放榜,儿子居然连市一级中学都没考上……那一刻,廖宇觉得生活都失去了色彩。

是啊，儿子是廖宇的唯一希望，可是……

"廖宇你这小子失踪了，电话也没一个。"在廖宇最沮丧的时候，郭凯打来电话。说实在的，廖宇曾经动过找郭凯的心思——毕竟儿子的前途大过人情，可今年的政策讲得十分清楚，电脑录取，只看成绩……

"唉……"廖宇是个实诚人，藏不住东西。

"早替你协调好了，去育才中学，省一级。不过，赞助费不能全免，使了老鼻子劲，只能优惠一半！"

郭凯一说完，廖宇的眼泪就出来了，十足一个范进中举！

儿子如愿以偿进了育才中学。廖宇这人情欠得大了！

还吧！既然欠了，就得还，慢慢还，点点滴滴还！

读大学时，廖宇的酒量出了名。随着郭凯的官场行情看涨，应酬越来越多，廖宇常去"救驾"——郭凯当然不知道，廖宇毕业后因喝酒过量早些年就得了肝硬化！

在郭凯离婚大战打得最激烈时，郭凯在电话里非常认真严肃地告诉廖宇，有件重要的事要他帮忙。

廖宇一听郭凯有事要帮忙，心一热，立马奔到郭凯指定的茶庄。

"我放笔钱在你那儿，往后每个月帮我寄给我父母。"郭凯交给廖宇一大袋子钱，"钱够两个老人花了，但你千万不要告诉任何人！"

看着郭凯一脸的严肃，廖宇只有一个劲地点头。

郭凯的婚没离成，却惹上了麻烦，纪检部门盯上了他。

一查，郭凯受贿数目巨大，栽进去了。

郭凯进去后，有关部门找到廖宇，要他配合退赃。

受人所托,尽忠办事。不管来人怎么问,廖宇一概装糊涂。

"郭凯都交代了,你就退了吧!"来人直截了当。

"没有赃可退,你叫我退什么?"廖宇心里清楚,这些人不好对付,退了就加重了郭凯的罪,况且,那笔钱没任何证据可查——只要自己不说。

"这笔钱跟你没关系,你只是代管,不要执迷不悟,到头来后悔不已!"来人改变了策略。

廖宇不想郭凯放在他这里的一笔钱成为压死郭凯的最后一根稻草——不管来人怎么磨,廖宇就两个字:"没有"。

有关部门第二次来找廖宇时,重复问了同样的问题,廖宇也依然一口咬定"没有"。这时,来人出示了银行对账单……

都怪自己,接过钱后的第二天,廖宇就去银行,存的时候,担心今后时间久了,数目不清楚,还专门另开了一个存折……

证据面前,廖宇嘴硬也没用,退了赃后,还因窝赃罪被起诉。

三年后出来,廖宇的肝硬化已经十分严重了……

出来后的廖宇每月定期给郭凯的父母寄生活费——廖宇告诉郭凯的父母,虽然郭凯走了,但他存了一大笔钱给两位老人安享晚年!

多年后,寄给郭凯父母的生活费被退了回来。廖宇的妻子一查,原来郭凯的父母也走了。

望着空荡荡的屋子,妻子给廖宇上了一炷香,想说却什么也说不出来,泪一个劲地流……

油　条

"油条,油条,新炸的油条五毛钱一根!"

街口背风处,一架手推车,一个油锅,焦黄的油条晾在盆里,锅里的油一直滚着。

男的炸油条,约莫60岁,一身蓝布旧衣,补丁叠补丁,袖口满是油渍。男人脸上的皱纹在油烟热气的吹拂下,红润了些许,他埋着头,一心一意在炸油条。

叫喊的是老太婆。同样是一袭蓝布旧衣,补丁叠补丁,声音沙哑着,对着路人不停地招呼。

早上的街口行人很多,可行色匆匆的人群大多侧身绕过了手推车,极少停下脚步。脏兮兮的老头和老太婆勾不起人们的食欲,况且,街口的拐弯处就有一个单位的饭堂,对外开放,价廉物美。

老头把油条炸好后捞上来,又把晾久了的油条放进油锅炸,炸了晾,晾了炸,不停地在锅里折腾。

偶尔有人停下买根油条,老太婆便会手忙脚乱半天。

老太婆正忙乱着,忽然,戴着大盖帽的城管出现了。老太婆顾不上收钱,推了正在炸油条的老头一把,老头推起车,飞快地逃走了。

戴大盖帽的城管走了好长一阵,老头和老太婆的油条车又偷偷推出来,摆在了街口背风处。

老头和老太婆的装扮虽然脏兮兮的,让很多爱干净的人绕道走,但老头和老太婆的油条炸了又炸,非常香脆,个儿又大,还是有人喜欢上了。

喜欢上老头和老太婆油条的是一个穿戴讲究的很像大学教授的老者。老者每天不落地从街口拐弯处的饭堂吃了早餐出来后还要来买两根油条。老者话不多,买完就走,没多一句话,有时甚至是不用一句话,天天如此,风雨无阻。

老头和老太婆心存感激,老太婆把每天最大的两根油条留给老者。

一个周日早上,人们不用上班,街口不再人来人往,老者吃了早餐又来买油条,一个蓬头垢面的女乞讨者缠住老者讨钱。

老者不为所动,任乞讨者好话说了一箩筐,老者买了油条就走。

乞讨者撵着老者走。老者旁若无人。

乞讨者跟了足足几十米,见老者一毛不拔,停下来,狠狠地朝老者的方向啐了一口。

老者怔了怔,停了一下脚步,若无其事地拿着油条走了。

老头和老太婆看不下去了,老太婆拿了两根油条给乞讨者。

乞讨者拿了油条又要了几块钱,才咬着油条欢天喜地地走了。

老者在转弯时看到了这一幕。老者停下脚步怔怔地看了一下老太婆,怅然若失地走了。

这事发生后,老者连着两天从街口饭堂出来后不再买油条。

老头老太婆虽然很失落,却连对老者原先的一点儿感激都没了——一个人吝啬到连起码的同情心都没有,还值得尊重?

也许是老者太喜欢老头和老太婆的油条了,没出三天,老者又和先前一样,每天早上从街口拐弯处的饭堂出来后又来买两根油条。

经历了那次小插曲后,老头和老太婆也只把老者当成一般的顾客,最大个的油条也不会刻意留给老者。

老者却是什么也未察觉,照例每天来买两根油条,风雨无阻。

人心都是肉长的。生意清淡的老头和老太婆对老者又慢慢心存感激。

时间久了,老者与老头、老太婆似乎达成了默契,相互间也多了份牵挂。老头和老太婆每天都在等着老者,当然,最大的两根油条,老太婆又留给了老者。

腊月的时候,天出奇的冷,风吹在脸上像刀子割。老头和老太婆几次想把油条车卖掉回家,可一想到老者对油条的偏爱,又放弃了回家的念头,在街口坚持着。

腊月廿四,刺骨的毛毛雨下下停停。老者没有出现。

连着三天,老者都没有出现。

病了? 还是……老头和老太婆的心揪紧了。

新年正月十五过后,老者还没有出现。

没了老者每天买两根油条,生意又出奇的冷清,老头和老太婆决定卖掉油条车回老家。

处理完了一切,老头老太婆萌发了去看看老者的念头。

左打听右打听,拐了好几个街巷,老头和老太婆终于找到了老者的家。

老者的家大门紧锁,邻居说,老者在腊月廿八去世了。

"这是他让我转交给你们的东西。"邻居把一个信封交给老头和老太婆。

信封里装了三千元。"其实,他每天买回的油条从来没吃过,都送了人。"邻居说,"他常说,他敬佩你们自力更生,感谢你们的勤劳!"

热泪从老头和老太婆干涩的脸上缓缓流下。

热情的邻居

终于拥有自己的一方小天地了。那天搬家时,阳光灿烂,我心里也阳光灿烂。

当然,更让我阳光灿烂的是我不仅拥有自己的一方小天地,我还拥有一个热情的好邻居——住对门的一位挺慈祥的老妇人,一直站在门口对我和先生友善地笑。

我和先生同在一个单位上班,因为住得远,每天早出晚归。第一天出门上班,对门的老妇人站在门口说:"走好啊!"

下班回来时,我和先生的自行车刚在楼下停稳,老妇人就在楼下候着:"辛苦啊! 回来啦!"

对这么一位热情的老妇人,我心里温暖着。我让先生回家,自己停下来和老妇人寒暄。老妇人热情地介绍她自己,她退休前是一名老师,丈夫去世早,无儿无女。老妇人问我在哪儿上班,先生是干什么的:"你们真恩爱,同出同归。"

连着几天,老妇人都早早地在门口送我和先生上班,下午下班时又早早在楼下候着,反反复复介绍她自己,反反复复问同样的问题,完了就感叹,"你们真恩爱,同出同归",如同数学公式一样。

那天,因为下雨,我和先生回到楼下时已经很晚了,老妇人还站在楼下:"辛苦啊! 回来啦!"

一身湿漉漉的,我应了老妇人一句后就想走,可抬眼看见老妇人一双深邃的眼睛里蓄满了话，我犹豫了一下，停了下来，让先生回去换衣服。

冷得发抖，我实在不想聊了，想走，老妇人却正讲到兴头上。

"阿嚏——"我故意打了个喷嚏，然后抽身回家。

淋了雨着凉，我感冒了几天没去上班。

感冒好后上班，我很害怕老妇人的热情。可老妇人每天早早地在门口向我和先生问好，下班时在楼下候着。

一天，为了一点小事我和先生拌了嘴，两个人下班路上谁也不理谁。到了楼下，老妇人又在那儿候着："你们真恩爱，同出同归。"

一个大男人，为一点儿鸡毛蒜皮的事和老婆拌嘴，还一整天不和人说话，这样也叫"恩爱"？

听着老妇人的话，我感觉刺耳极了，一步没停飞也似的抢在先生前面上了楼。

往后下班，我很害怕老妇人的热情，能躲就躲，实在躲不了就应一句赶紧回家。

也凑巧，连着几天是国庆长假，不用上班，躲开了老妇人。

国庆节第三天，我还赖在床上不肯起来，先生煮好了早餐端过来："懒猫，起床了，都快 11 点了。"

"我就不嘛！"我撒起了娇。先生挠我的痒痒，挠着挠着，两个人滚到了床上。

"叮咚——"两个人正在恩爱时，门铃响了。

"不理它。"我让先生继续。

门铃不屈不挠响个不停。响得我和先生兴趣索然。

"谁啊！"先生套上衣服很不情愿地去开门。

"我家的刀坏了，想借把刀。"老妇人站在门口。

我赶紧把刀递给老妇人。

第三天,我和先生正在吃中饭,门铃又响了。

"我的碗不小心打破了,想借个碗。"老妇人站在门口。

我又赶紧把碗递给老妇人,心里却一阵恶心,刚刚吃进去的东西差点儿都吐出来了。

只要是节假日,几天没见到,老妇人肯定要来借东西,有时甚至连筷子也要借。一天,老妇人来借锅,先生赶在我前面说:"我们家就一个锅。"

先生为此还在门上安装了"猫眼",只要看到是老妇人按门铃,就绝对不让我开门。

门铃声响过无数次,先生一次也没让我开门。

"你们以后开门关门轻点儿声,对门这位老太太有心脏病,受不了。"一天,居委会的来按门铃,指着身后的老妇人说。

我一阵脸红。老妇人却冲我诡秘地笑。

老妇人又带居委会的来投诉我们家,说垃圾在门口乱放。

那一刻,我除了脸红外,对对门的邻居厌烦了。

心里对老妇人厌烦,每天上下班我和先生都懒得搭理老妇人,尽管老妇人每天一早站在门口,下班时在楼下。

元旦放假第二天,我和先生睡了懒觉起来发现家里没煤气了。我们两个像小孩一样玩"剪刀、石头、布"的游戏,谁输了谁去买早餐。结果先生输了。他穿好衣服到门口时,在"猫眼"前面停了一阵,然后拉我去看"猫眼":

天啊!老妇人侧着一边耳朵贴在我家门上听我们家的动静……从"猫眼"看出去,老妇人完全变了形,花白的头发蓬松着,像一头怪兽……

先生轻轻把我推开,然后猛地拉开了门。

老妇人没料到门会突然打开，措手不及，四脚朝天摔在我家门口……

先生还想训斥她，被我止住了。

我心里像吃了死苍蝇般难受，对老妇人憎恨起来。

"你是新来的不知道，所有新来的都遭遇过从拦住你说话开始，到敲门借东西，到投诉，再到偷听隐私。"楼上楼下的都有这些经历，"别看她穿得像模像样，可实在是个令人憎恨的老人。"

偷听事件发生后，老妇人不再早上早早站在门口送我和先生上班，下班时却还经常在楼下站着，嘴张了张不敢开口。我和先生对老妇人视若无睹。

慢慢地，我就忘掉了这位热情的邻居的存在。

有段时间，我和先生闻到了楼道里有死老鼠的臭味。先生说，这是栋旧楼，老鼠猖獗，有死老鼠很正常。先生在楼道里喷了很多药水。我们一回家，生怕老妇人会来打扰，赶紧把门关得严严的。

死老鼠的臭味持续了很长一段时间。在那最难忍的日子里，我想到了搬家，无奈囊中羞涩，只好作罢。

当对门老妇人的门被老鼠咬出了一个大洞，摇摇欲倒时，我才想起已忘掉了很久的这位邻居。

老妇人去了哪里呢？

叫来了居委会、派出所的人，打开老妇人的门，大家毛骨悚然：一具白骨横在床上……

派出所的后来说，张惜雪死去两年七个月，存下不少钱……

张惜雪就是我邻居老妇人的名字，邻居们谁也不知道。

坐在医生面前的女病人思维敏捷，讲起故事来神采飞扬，全然不像一个病人。

"医生，白骨事件对她刺激太大了。您别看她清醒时滔滔不绝，可一旦发作起来，就嚷叫着自己是杀人犯，拿刀要自残，非常可怕！"一位中年男人满脸憔悴，"看过无数医院，没法治。您是全国最著名的精神病专家，求您收下她吧！"

"好吧！"一个上午接诊了十几名精神病人，医生有气无力地应答着。

小翠，告诉你一件高兴的事

年关到，有钱的老板真忙！这不，忙得晕乎乎，还有一群菜青色脸带着期望眼巴巴等待着我的出现。

"辛苦了一年，大家不容易，今年不拖欠工资！"工人们确实不容易，上有老下有小，指望着从我这里领到工资回去一家高高兴兴过年，我怎么能拖欠他们的血汗钱？

我话一讲完，掌声响彻车间，菜青色脸随即潮红了，有人还在悄悄抹眼泪。看着工人们千恩万谢的样子，我心里真受用，眼睛也湿润了，让人高兴的感觉真好！

一人高兴，回到家就一家人高兴。上百个人高兴，就有上百个家高兴！处理完了工厂事务，我也想让一家人高兴，我安排一家人到新宏图大酒楼吃团圆饭。看着满桌的好鱼好肉，我狼吞虎咽，可怎么吃也吃不饱……吃到后来，小孩向我讨"利是"了，我赶紧给父母派大大的，给小孩发厚厚的，给老婆小翠送金闪闪沉甸甸的……

收了"利是"，小孩唱起卡拉 OK。灯转了起来，或明或暗，或红或紫。"妈妈准备了一些唠叨，爸爸张罗了一桌好饭……常回家看看，回家看看……"回家的感觉真好，儿子甜甜的童声引发了我的乡愁。家人团聚，其乐融融，这年就过得有滋有味！

忙了一天，剩下我和小翠时，我含情脉脉地把小翠扯进了刚安装好的桑拿间。

刚开始我和小翠还老老实实蒸桑拿，不一会儿，两个人就手脚并用起来。我按了一个按钮，一张床从桑拿间墙壁上缓缓伸出来。"上去躺着吧！"不等小翠答应，我就把她抱上去……

"丁零零……"不识时务的手机响了！阿牛把思绪从桑拿床上收回来，发现自己不知什么时候躺在了铁架床上，头痛得厉害。床前矮凳上，两瓶二锅头见了底，东倒西歪。矮凳上盘子里还有几片猪耳朵。

"阿牛，回来吧，孩子想你，我也……"小翠在电话里哀求。

"好啦，电话费贵。讨回工资就回家！"阿牛何尝不想回家，可老板拖欠着大半年的工资，口袋空空，想回也回不了。阿牛想安慰小翠，可没什么好事儿让小翠高兴。阿牛就想把做梦当了一回有钱老板的高兴事告诉小翠，让小翠大过年的也高兴一下，可他又心疼电话费，赶紧催促小翠挂掉电话。

"回家再告诉她吧！"放下电话，阿牛对自己说，打了一辈子工，要能当老板多好！当了老板，我绝不拖欠工人的工资！

抓了一片猪耳朵送进嘴，阿牛的脑袋还是痛："等有钱了，我也弄一套桑拿设备，带小翠进去试一试！"想着桑拿床上的自己，阿牛下面的东西早已不安分了。

穷指望，有了钱带小翠去住一宿宾馆就行。不用像上次一样，小翠来了，宿舍里人多，只好到公园里、立交桥下偷偷摸摸，猴急猴急的！阿牛悻悻地想。

"啾!"一束烟花飞上天,炸开后五颜六色,天女散花般徐徐坠落。

"啾!"又一束烟花飞上天……

酒醒了,阿牛备感孤独,信步走出屋子。

城市的过年和往常一样灯火辉煌。走到一家酒楼前,清一色铮亮铮亮的车停满了停车场。

"这车真好!"阿牛摸了一下铮亮铮亮的车,由衷感叹!

"别乱摸!"冷不防有人大声呵斥。

"哈! 哈!"阿牛吓了一跳,一看,反而笑了,一个小伙子大过年的坐在奔驰车里吃方便面。阿牛打心眼儿里仇视老板,"大老板开奔驰车在酒楼门口吃方便面,显摆啥?"

"我是打工的,大老板在里面海喝!"车上的小伙子气鼓鼓的。

同是天涯打工仔,阿牛自觉和小伙子拉近了距离:"一样是打工仔!"

"什么一样!"小伙子却看不起阿牛,讥讽道。

臭显摆,不过是有钱人的车夫,有什么了不起! 这回轮到阿牛气鼓鼓的。

气鼓鼓的阿牛真想找个地方狠狠踹两脚。转过一条街,一间灯光暧昧的发廊把阿牛的脚步引得轻浮了。

"帅哥,大过年的,一个人多没意思,乐一乐吧!"

好端端梦里的桑拿没蒸成,阿牛正火烧火燎着,被"小姐"一召唤,不由自主随"小姐"进了发廊。

事毕,"小姐"向阿牛要100元。

"这么贵!"

"你过年,我过年。你舒服,我工作。看你刚刚的饿狼样,收

100元,便宜你了!"

阿牛摸遍了口袋,只有51元。阿牛装横:"你讹我?"

"没钱也学人来风流快活! 没钱回家搞老母猪去!""小姐"见阿牛再也掏不出钱,刚才的温柔不见了。

阿牛被羞红了脸,扔下50元想走。"小姐"却把阿牛堵在门口喊人。阿牛双手掐住"小姐"的脖子,不让她喊。

"小姐"喊不出来,又抓又踢。

挨千刀的老板拖欠我的工资,臭显摆的车夫看不起人,就连你这"小姐"也欺负我……阿牛把"小姐"掐得死死的。

不知过了多久,"小姐"不会踢打了,浑身像烂泥一样软了下来。阿牛仓皇逃出发廊,一口气跑到车站扒火车回家。

扒了三天三夜火车终于回到熟悉的地方,阿牛还没进家门就被戴大盖帽的堵住了。

阿牛死也不肯跟戴大盖帽的走:"我要告诉小翠一件高兴事!"

无奈,戴大盖帽的只好把小翠叫过来。

看着哭肿了眼的小翠,阿牛张了张嘴一句话说不出,扭头跟戴大盖帽的走了。

街角按摩师

街角新开了一家按摩店。

在几乎所有的按摩店门前都装有昏黄暧昧的灯光的一条街

里,这家新开的按摩店有点儿特别:门前金黄牌匾出自名家的手笔,遒劲有力,夜晚灯光如昼。这还不算,装饰得相当有档次的按摩店没有如花似玉的女按摩师。按摩店就三个人,五十来岁的老板是按摩师,两个年轻小伙子是学徒。按摩店也不大,五十来平方米,五张按摩床。

"你这么装饰有客吗?"我长期伏案落下肩周炎,那天路过,走进了这家新开张的按摩店。

老板不置可否地笑了笑。剪着平头,长得黑黝壮实的老板穿着一套洁白的按摩服,很有北方澡堂擦背工的味道。

老板话不多,手脚却利索,推、压、抓、捏、捶、打,手艺娴熟。只听得身上一阵噼里啪啦,昏昏沉沉地眯了一阵过后,周身舒坦多了。

有了第一次的舒坦,我便常常去那家按摩店。渐渐地,我和老板熟了,老板却仍然话不多,非常客套,对自己的过往更是讳莫如深。我零星了解到,老板是本地人,自小家贫,跟随民间拳师习武。拳师传授其跌打按摩手艺,老板钟情于按摩,遂从在家里帮人推拿按摩到开店"坐堂"。

那天晚上,我又像平常一样到按摩店按摩。坐下没多久,三个浑身酒气的青年冲进了按摩店,径直躺到了按摩床上,叫嚷着要"小姐"。老板的两个学徒走过去好言相劝,让他们起来排队,并告诉他们这里没有"小姐"。

"没'小姐'你开什么按摩店!"为首的一个一拳打过去,顿时,一个学徒血流满面。

"找'小姐'找错地方了。"老板快步冲过去,以迅雷不及掩耳之势制服了这个青年,两个学徒也同时拿下另两个青年。

没有了嚣张,三个青年把身上所有值钱的东西都掏出来,一个劲地求饶。

看着摆了一地的钱、手机、手表、戒指，老板指着带头闹事的青年："拿一百元赔医药费。"

老板冷冷的话里透出不可抗拒。

过后没多久，这条街发生了一起抢劫事件。

那天中午，一位姑娘在街上走着，忽然被后面冲上来的两个骑摩托车的歹徒用力割下背着的挂包，姑娘穿着无袖连衣裙，一刀下去，包被抢了，姑娘手臂的一块肉也被割开了……

"抢劫啦……"姑娘很勇敢，边追边喊，可周围却没人帮忙拦截歹徒。

听到喊声，老板从屋里探出头来。

歹徒骑着摩托车刚好狂奔到老板的按摩店门口。说时迟那时快，老板一个箭步冲上去，把骑摩托车的扯下车来……

警察赶来时，老板已吩咐两个学徒把姑娘送去了医院，两个歹徒被捆绑着交给众人看管，自己却进按摩店工作去了。

手艺好加上见义勇为，老板的形象一下子高大起来。按摩店回头客和新客日益多了起来，老板每天忙得不可开交。

后来，老板就像大医院里的名医一样，实行挂号预约，一天不超20个。"不好意思，太累了，要休息。"对排不上号的，老板摆摆手，一脸歉意。

人就是这样，越热闹的地方，越多人往里凑。越是排不上号，每天来排号的反而越多，有时按摩店一早开门，门前就排了数十人。

热心的人劝老板广招人手，扩大规模，老板只是笑笑。无论生意多忙，老板也没让他的两个学徒独自上阵。

那天下班回家时，忽然看见上百人围在按摩店门口，吵吵闹闹。

"出什么事了?"我心急地围过去问。

原来,有热心人打了报社热线电话,报社记者进行调查后发现,这个貌似北方澡堂擦背工的按摩店老板居然是一家大型民营企业的老板,身家过亿。他开按摩店,只是因为他热衷此行!

亿万富翁开按摩店无疑是一个奇闻。报纸一出,满街哗然!小小的按摩店被好奇的人围住了。

如是几天,按摩店门口几乎天天人头攒动。按摩无疑是做不成了,无奈,老板只好关闭了按摩店,留下装饰得很特别的按摩店在街角向路人静静诉说。

每当经过这个按摩店,我时常想起他,兴许,他在另一街角又办起了按摩店呢。很多专程来找亿万富翁按摩的人见按摩店关闭了都连呼错失机会!

我是企业家

那天,快下班时,一个十五六岁的女孩走进了我办公室。

"姑娘,我们这是开展扶贫一帮一活动,你是?"我主动问女孩。

"我爸让我来替他登记扶贫。"女孩说,她爸是企业家,他们家想帮扶三户人家。

我为女孩和她父亲的爱心感动。市里号召对特困职工开展一帮一活动以来,虽也不时有些人来要求一帮一对口扶贫,但一户人家一下子要帮扶三户的还是第一次。我赶紧拿出登记表让女孩填写。

半年后，上面要求我们回访一帮一活动的帮助者。我想起了女孩和她的父亲。我找到女孩的登记表，却发现当时女孩填写的登记表里姓名是罗先生，地址是市郊的罗家村，没有详细地址、名字和联系电话。

"好歹也是个企业家，到村里一问就知道了。"主任对我说。

那天上午，我带着市里为扶贫者特别定制的牌匾到市郊去寻找那位企业家。

转了几趟车，在一个三岔路口下车后，没有公交车到达我要去的村，却有很多三轮车一窝蜂似的围上来。

我陷入这些拉客仔的左拉右扯中。

"他要坐谁的车让他自个儿选，拉扯什么！"一声吼叫震住了对我左拉右扯的拉客仔，我顺势挣扎着出了包围圈。

一个干瘦，满脸像风干了的苹果一样刻着皱纹的老头，骑着三轮车出现在我面前。就是这老头喝住了拉扯我的拉客仔。我向他投去感激的目光，问他到罗家村多少钱。

"10块""8块""5块"……

拉客仔们又七嘴八舌地围了上来。

"2块！"老头说着示意我上车。我刚落座，老头就蹬着车吭哧吭哧地走了，留下一群拉客仔在后面骂骂咧咧。

走出一段路，恢复了平静心情后我与老头拉家常。

"您一大把年纪了，还蹬三轮车，吃得消吗？"

"人总要找碗饭吃啊！"老头说，他原是钢铁厂的钳工，工厂垮了，自己也下岗了。

"没文化没技术，打了一辈子铁有一身力气，这不就来蹬三轮车了。"

我心里感叹着现在的工人真不容易。

上了一个坡后，老头主动问我到罗家村办什么事。

我告诉了老头我的来意。没料想老头一听我要到罗家村找企业家罗先生，立马停下车，冷冷地说，"你搞错了。那个村虽然个个靠村里卖地得到很多钱，但全村几百户人，没有姓罗的，更没有什么企业家。"

罗先生对三户困难职工的帮助是千真万确的，出门的时候我还专门调出受帮助的三户人家的反映记录，他们一致反映罗先生每月帮助100元很及时，这怎么可能呢？

我向老头说明情况，老头不肯去。

"让你走，你就走，难道怕我不给你钱？"刚刚对老头的一点儿感激和怜悯被老头的执拗赶走了。

老头冷冷地看了看我，极不情愿地说，"我宁愿免费送你回三岔路口，那地方我确实不愿去，如果要去，给10块钱。"

敲诈，这简直是敲诈！

可是，回三岔路口，刚刚那些拉客仔的左拉右扯还让我心有余悸。我瞪了老头一眼，咬牙认了。

老头敲诈到手，还极不情愿，磨蹭了很久才上路。

其实路不远，20分钟就到了。一路上，老头蹬得很卖力，上坡时，更是气喘吁吁。我对老头的感激和一点怜悯心早就抛到九霄云外了，在上一个坡时，我不仅没有下车的意思，相反，我希望那坡再长点，再陡点……

"前面就是了，你自己去找吧！"远远看到村庄，老头没好声没好气地一个劲催我下车。

一方水土养育不同人，我正在把老头和罗先生做比较时，老头没有收钱就掉头走了。真是个怪老头!

正如老头所言,村里靠卖地,个个很有钱,但村里人衣食无忧却几乎都无所事事,没有一个人办企业。当然,村里除了外来的一律姓李,根本没姓罗的。

长得肥硕的村主任半眯着眼说我肯定记错地址了。"但是,我们这里虽然没有像罗先生这样高尚的人,也不会有像李老头这么可恶的。"村主任说,"李老头是个例外。"村主任说李老头时,一脸的鄙视。

李老头就是刚刚送我进村的老头。村主任说,那个李老头,早些年是工人,城里户口,可如今下岗回来了。村里卖地,他不是农村户口没份,老婆又过世了,这不,他只好靠蹬三轮讨生活养女儿。正因为这样,他对谁都看不惯,好像谁都欠了他一样。

找不到罗先生和女孩,我悻悻地走了半个钟头路到三岔路口,准备坐车回城里。

在三岔路口,我看到了一个熟悉的身影。那不就是上次替她父亲登记一帮一扶贫的女孩吗?

女孩正和刚刚送我到村里的李老头在三轮车旁说话,女孩边说边灿烂地笑着。

"姑娘!"我走了过去。

女孩认出了我,吃了一惊,"你怎么在这?"

"找你和你爸!"

女孩红着脸低下了头,指着老头:"这是我爸,我爸不是企业家!"

我愣了半天晃不过神来。

老头瞪了女孩一眼:"我有自己的车,自己当老板,不是企业家是什么?"

老头好像埋怨我揭穿了他的真实身份,对我不自然地笑。

我捏紧着政府给老头定做的牌匾,不知该不该拿出来给他!

8号发型师

"先生,洗完头后剪不剪发?"

"剪。找8号剪。"

"8号换人了。您找原来的8号吗?"

"8号呢? 走了?"

"没走。"

"那就找他剪吧! 你看看前面有几个在等。"我问洗头工,"他现在是几号?"

"你到时看他的牌子就知道了。"洗头工卖起了关子。

在这家叫巧手的美容美发中心,我第一次来剪发时,8号带蜜的话和狡黠的笑给我留下了深刻的印象。此后几年里,我几乎都到这家美容美发中心,都找8号剪发。

一头旋涡式的卷发染成了金黄,穿着花里胡哨的解开了两个纽扣的花衬衣,牛仔裤打了几个洞,戴着大手镯,夸张奇特的穿戴,8号给我的第一印象很前卫。

"这是一种时髦。你要当发型师给人家设计形象,自己却土里土气,谁会找你?"8号这样理解他的标新立异。

我虽然不甚喜欢8号的标新立异,但显然习惯他嘴里说出来放了蜜的话。仔细一听,又感觉他嘴里是放了蜜蜂而不光是纯粹的蜜,说出的话很甜,又偶尔会不经意蜇你一下,让你痒痒的。

"老板,你穿这衣服,显得很庄重,看上去也很有气质。"

"靓仔,红光满面的,是不是找到靓妞了?"

"靓女,越长越漂亮,爱情滋润了吧!"

…………

8号第一次给我剪发,差不多剪好时在我耳边说:"大佬,我当了十年发型师,现在揾食艰难,以后来这里剪发,多帮衬我。记住了,我是8号发型师。"

第二次到巧手美容美发中心,我点了8号。

"大佬,很久不见,怪想您的。"8号把我当成老朋友一样。

"您天庭饱满,两腮潮红,可不是一般的人哦!"8号带蜜的话又来了。

挨着8号的7号发型师剪完发走开了,8号悄悄对我说:"1号、2号刚从乡下来,小农意识,剪的发很土。3号、4号基本功不扎实,不知道剪发的深浅。5号、6号虽然来的时间不短,但经常闹笑话。7号……"

7号发型师回来了。8号赶紧改口说:"靓仔就是靓仔,头发怎么剪都漂亮。"

再去剪发,8号一番甜言蜜语后对我说:"大佬,您的白头发不少,该染一染了。"

我很厌烦一去剪发,那些理发师活没干倒先劝你烫发染发。8号却不同,前几次只字不提染发的事,这次说了,我并不反感:"男人有点儿白头发才有成熟感,懂不?"

"染染年轻几岁,靓女都多看您几眼。"8号不放弃。

我不同意染发。8号见我态度坚决,之后再也没提过。往后给我剪发,都因后面等他剪的人多,手脚很快,三下两下搞定。

"不好意思，人多。"8号和我熟络了，带蜜的话少了，却经常说一些男人之间的笑话和段子。

············

洗完了头，洗头工把我引到了1号座位上。

"8号改成1号了？"

"不是啊，1号请假。"洗头工笑，"你等一等，我去喊他。"

"来啦，大佬。好久没帮您剪发了。"一会儿，8号从二楼下来，热情地和我打招呼。

剪了个分头，染了淡黄的头发，一袭白衬衣，一条黑西裤，8号突然变成了一个中规中矩的白领。

"你怎么变成了这样？"我忍不住笑。

"没办法啊！不习惯吧？"8号笑得不自然，却很沉稳。

"当了店长了!?"我再一细看，发现他原先戴的"8号发型师"的笑脸牌子不见了，换上了一块白底红字的"店长"牌子，"恭喜，恭喜。"

"这个月老板新开了家店，原来的店长去了新店，我跟这个老板3年多了，这不，让我帮他管这家店。对我这行头不习惯？我原来的打扮太轻浮了，说话没威信。其实我都这个岁数了。"8号伸出三只手指，"大佬，发型师的年龄和女人的年龄一样是秘密，可别说出去啊！"

8号露出了与他的打扮和年龄不相符的狡黠的笑。

"当了这么大的美容美发中心的店长，还给顾客剪发？"

"不剪了。您是老熟客、老朋友，只要有空，我一定亲自给您剪。"

"介绍位发型师往后帮我剪发吧，不难为你了。"8号当了店长，自然不好意思老打扰他。

"1号、2号剪得大方得体,3号、4号善于跟潮流,5号、6号认真,7号、8号心思巧……"8号找到了当店长的感觉。

这一次剪发,8号显得格外认真。可他不得不经常停下来,一会儿接电话,一会儿吩咐这事那事……每次被打断,他都带着歉意说"不好意思"。

好不容易剪完了,他左端详右端详,完了才如释重负般地说:"好了。"

说完,8号好像记起什么,从口袋里掏出一张优惠卡,悄悄塞给我:"老友当店长了,多多关照。"

买单时,有优惠卡,38元省1元,心里像吃到了8号带蜜蜂的话,甜甜的又像被蜇了一下。

1元也是人情。往后我还是几乎次次到巧手美容美发中心剪发。虽然不是找8号剪发。

车 开 花 香

香一直说要和车来一趟说走就走的旅行。

香和车在一个单位上班,香比车晚进单位。香长着一双会说话的大眼睛和靓丽的面孔,一进单位就把许多男孩子的眼神拉直了。香却不理不问献殷勤的男孩子们,热烈地追求成天埋头干活的车。而车一心为早日还清欠了多年的外债,对香若即若离,热烈不起来。

一天,香神神秘秘地拉上车,说走就走,坐上了一趟朝西开的列车。

拥挤的列车驶出喧嚣的城市，一路朝西。车窗外，峰峦叠嶂，山花烂漫，云舒云展。刚刚还清外债的车，伸开双臂，隔着车窗拥抱大自然。神神秘秘的香却一坐上列车，就低头沉默不语。

车轻轻碰了碰香，告诉她，几年前，他一个人也来了一次说走就走的旅行，可那次，他一挤上乱糟糟的列车就后悔了。

香抬头看了看车，轻轻地说，但愿这次你不要后悔。

车清楚地记得，在那次说走就走的列车上，他一遍又一遍地问自己，这么多年了，都没想过来一次说走就走的旅行，怎么说来就来了？说到底还是自己年轻，沉不住气。

一想自己沉不住气，车就想到了父亲。父亲是个特别沉得住气的人，多少年了，他说他也曾动过念头去做一次说走就走的旅行，可每次到最后，沉得住气的父亲都放弃了。

父亲说，他想去做一次说走就走的旅行的地方在乡下，听说那地方四周是山，山路十八弯，近在咫尺也能让人走哭。

父亲之所以和那个地方结缘，都是因为父亲也是从那些个地方出来的，对那些个地方有特别的感情，一听到那些个地方就特别亲切。

正是父亲对那些个地方有特别的感情，八年前，市里组织"大手牵小手"一帮一扶助学活动，父亲主动报名，匿名帮助一名乡下小女孩，承诺帮其读完大学。

当公务员的父亲说到做到，每学期给小女孩定时邮寄学费、生活费。那时的父亲，尽管工作繁重，生活简朴，可健康快乐的一家三口是幸福的。当然，有爱的生活更让人幸福。

在有爱的日子里，父亲曾动过念头到受资助的小女孩的乡下去做一次说走就走的旅行，可每每到最后，父亲都打消了念头。

列车呼啸着穿过幽深的隧道，窗外一片漆黑。隧道很长很长，感觉走不到尽头。

想起了父亲，车的思绪就很难收回来。

幸福地帮助小女孩四年后，父亲忽然病了，而且是大病。尽管父亲有公费医疗，自费药的负担依然沉重，这令原本不富裕的家如老牛负重，气喘吁吁。

"告诉她吧，我们想帮，却无能为力了！"父亲手术期间，小女孩正准备开始新学年，父亲交代母亲去给小女孩寄学费和生活费。父亲病倒，一下子憔悴了的母亲因为忙又手头紧，没有去汇款。父亲手术清醒后，问的第一件事便是学费寄了没？母亲强忍着心中的悲痛，劝父亲要学会放下。

"男人一诺千金！"车第一次看见父亲发火，父亲威胁，如不及时给小女孩寄学费和生活费，他就放弃治疗。

母亲最终含着泪把钱交给车，让他去邮局。

那时的车，大学还没毕业。在去邮局汇款的路上，心里五味杂陈。而那时的小女孩，写信告诉父亲，她刚考上大学，心里乐开了花。

小女孩心里开的花让父亲在精神上得到抚慰。也正是凭着精神上的抚慰，原本被医生判定只有两个月生命的父亲活过了两年。

两年里，父亲一如既往支持小女孩读书，家里却是债台高筑。

列车终于驶出狭长狭长的幽深隧道，窗外豁然亮起来。

车陷入了对父亲的追忆。车一辈子也忘不了，那天早晨，天还没大亮，病床上的父亲就把自己叫到跟前："儿啊，一个人一生做一件好事并不难，做一辈子好事却不容易。"

车伸手扶了扶父亲，父亲把车伸出的手紧紧握住。

"父亲对不住你，但希望你能理解！"父亲气若游丝。

车摇了摇头复又点了点头。

"帮人如水流，无水则断流！"父亲用祈求的眼光看着车，"帮人帮到底，你毕业了，希望你接棒继续帮助那个小女孩！"

看着父亲那祈求的眼光，车哽咽得说不出话。

"父亲不行了，希望你——守——承——诺——"车看到了父亲眼里闪过的一丝亮光。

"一定！一定！"车早已泣不成声。

那丝亮光闪过，父亲微笑着走了。

父亲弥留之际的眼里闪过的那丝亮光让车刻骨铭心。

此后，车用父亲的名义接力帮助小女孩读书。

列车驶入一望无际、悠远宽广的原野。窗外，金黄灿烂的油菜花在阳春三月里肆意开放，千树万树的梨花比雪还白。红花白花交相辉映，让人心旷神怡。

这样的季节，最适合来一次说走就走的旅行。车那一次一个人说走就走的旅行，却不在阳春三月，是在夏天，小女孩来信告诉父亲，她大学毕业了。

车拿着小女孩的信，在父亲墓前烧了。车在父亲的墓前忽然像个老太婆一样絮叨起来，和父亲说了许多许多。烧完了信，说完了，车忽然就想来一次说走就走的旅行，代父亲去那地方看看。

说走就走，车一个人坐上了列车。乱糟糟的车厢里闷热如火，窗外红的花绿的叶都耷拉着头。车一路后悔着。父亲最后都没去那个地方来一次说走就走的旅行，我为什么要去那个地方呢？列车走着走着，车提前下车回城了。回城后，车停用了父亲与小女孩的联络信箱，尘封了那段历史，一心一意工作，一点一滴积攒还债。

一路朝西的列车转了无数个弯，穿越无数座山，驶过无数条河流,在一个小站停了下来。看得出这是一个新设的小站,站台很小很小,停车时间很短很短。香却拉着车在这个小站下车。

一下车,香像变了个人,心事重重,一点儿也高兴不起来。

环站皆大山,车站附近一块巴掌大的地方,散落着十几户人家。山,满眼青翠;水,清澈透明。如果没有火车轰鸣而过,这绝对是一个陶渊明都叫好的世外桃源。

香好像认识这里的人,和路上不多见的人用车听不懂的话叽里呱啦打着招呼。路上的人,一律菜青色脸,一律疲惫不堪。

香带着车,在村里到处走着。香和车身后跟着几个大小不一穿着破烂衣服的小孩。香和车走到哪,他们跟到哪。他们像城里小孩看动物园猩猩一样看着他们俩。香时不时和小孩们聊几句。

香告诉车,十年前她住在这里,十年没回来过了。香说完像做了错事的小孩一样拿眼瞄了瞄车,复又心事重重了。

晚上在一个农户家借住,香几次欲言又止。

"我爷爷是农民,父亲是农民的儿子,我是农民的孙子。"车逗香,"所以我对乡下是有感情的!"

香看着车,没说话。

"小时候,我对乡下的第一印象是好玩!"车告诉香,自己3岁那年跟父母亲回乡下老家,汽车下了高速公路转入乡村小道,车看着丘陵上绿树成排随风起舞,看着水库绕山如镜,便告诉父母这公园好大。及至下车进了村里,猪在路上摇头晃尾,鸡鸭在追逐游戏,车便说,家里是动物园。

"可守着山清水秀的公园却守不饱肚子,守不来希望!"香沉重地说,"十年前的小孩没书读,十年后的仍然是这样!"

破旧的农家小屋里,四处虫鸣蛙叫,屋顶破烂处,皎洁的月光悄悄溜进来,窃听年轻小情侣的私话。

香告诉车，十多年前，这里有一个小女孩淘气调皮，不爱读书，后来有一批城里的好心人帮扶山区小孩读书。小女孩的父亲是村支书，近水楼台先得月，把自己的小孩报上去了。那小女孩一直接受捐赠，直到大学毕业……

"小女孩是幸运的。城里的好心人也是幸福的！"车想起了父亲。

"可是，接受捐赠没多久，小女孩一家就搬到了县城做生意，日子一天天好起来了，可一直还在接受捐赠！"香焦躁不安，"大学期间，小女孩多少次想去拜访好心人，可担心被揭穿，忐忑着不敢去！"

车想起了自己第一次未完成的说走就走的旅行，轻轻地拥了拥香。

"那女孩是……"香急着想说。

车用嘴堵住香的嘴，打断了香的话。香紧紧抱着车，眼里有泪花在闪。

月亮听完年轻小情侣的私话，悄悄退了出去。

结束了想走就走的旅行，在回城的列车上，车变戏法般掏出一支鲜艳的红玫瑰送给香。

第一次收到玫瑰花的香绯红着脸把玫瑰插在矿泉水瓶上。一路上，玫瑰花肆意绽放，香气袭人。

到站了，车和香看了看矿泉水瓶里依旧娇艳欲滴、香气四溢的玫瑰花，没动。

留着吧！香用会说话的大眼睛看着车。

车开花香，留给下一趟车吧。车紧紧牵着香的手，心里默默地说。

玫瑰花香欢送他们下车。

招 牌 微 笑

门房的刘老头病了,病得莫名其妙。

就在昨天,大伙儿上班进大院时还见刘老头像往常一样露出招牌式的微笑。十点的钟声一响,刘老头就揣着报纸和大伙儿的信,连同信里的喜怒哀乐,一一分送给大家。

今早,大伙儿一踏入机关大院,就发现了异样:往日正襟危坐在门房中间,露出招牌式微笑,和大伙儿一一打招呼的刘老头斜靠在门房角落,不留意还以为刘老头不见了。

自打刘老头来的十多年,大伙儿习惯了早上上班迎来刘老头如春天般温暖的招牌式的微笑,习惯了十点一过就读到他送来当天的报纸和信件。可今天,缺了刘老头的招牌式微笑,没能准时读上报纸和信,大伙儿的心里空落落的。

一下班,很多人自己到门房取报纸和信件。

刘老头歪坐在门房的角落里,病恹恹的,对来取报纸和信件的人勉强露出微笑,却极不自然。

"哪里不舒服?"有人关切地问刘老头。

"没事,没事哪!"刘老头极不自然的笑里露出缺了一半的门牙。

十几年前,局里建办公楼,长得黑黑壮壮的刘老头是泥水工。局长看他老实肯干话不多,笑得很温厚很可亲,楼建好了,正好缺一名门卫,便把刘老头留了下来。

刚开始当门卫的刘老头对人只会"嘿嘿"地笑,笑得怯生生的,很不自然。慢慢地,大伙儿就又看到刘老头笑时刻满皱纹的脸像绽开的白兰花,很温厚很可亲,让人感觉有春天般的温暖。

十多年了,刘老头从来没怠过工,春天般温暖的微笑也永远挂在了脸上——那独特的微笑成了刘老头的招牌,每回笑得大伙儿心里暖洋洋的。

"病了可要赶紧去看医生!"无论大伙儿怎么劝,刘老头都说:"没事,没事哪!"

第二天上班,大伙儿远远就看见刘老头又端坐在门房里,极力露出招牌式的微笑,却极不自然。

"好点儿了吗?"有人关心刘老头。

"好哪,好哪!"刘老头挥了挥手,示意他那老筋老骨还顶用,还健壮。

十点一过,大伙儿又读到当天的报纸和信。只是,大伙儿再也没能读到刘老头招牌式的微笑——刘老头的笑像在哭。

大伙儿却顾不上刘老头的笑变成什么样,该干什么还干什么,而且很快就忘了刘老头原先招牌式的微笑。

不自然地笑了半年,刘老头真的病了。那天,十点钟送完报纸和信件,回到门房,刘老头就昏倒了。

在医院里醒来,刘老头顾不及笑——哪怕是不自然的笑,两眼直直地在病房里搜索……一会儿,刘老头的眼神就暗淡了下来。

住了十几天院,人保科长代表单位来慰问刘老头。见到了科长,刘老头来了精神,脸上又现出极不自然的笑。

"好好养病!"科长安慰刘老头。

"好,好哪!"刘老头抬头望着科长,欲言又止。

"老刘,有啥事吗?"科长问刘老头。

"科长……我想……要……要……红本子!"刘老头把一句话断成几半,"红本子"三个字却说得十分响亮。

"什么'红本子'?"科长一头雾水。

"就是半年前每人都发的那'红本子'啊!"刘老头比画着。

科长顿时明白了。刘老头要的是半年前单位推行全员聘任制时,发给员工的聘书。

"那是——"看到刘老头渴望的眼神,科长把到了嘴边的一句话又咽回了一半,"安心养病,单位不会辞掉你的!"

"科长,本来我也不敢奢望,可院里人人有,我没哪!"刘老头垂着头,声音低低的。

"老刘,你就安心养病吧。其他不要想太多。"科长劝说刘老头。

刘老头的眼神又暗淡了下来。

几天后,科长再次来看望刘老头。一进门,科长从皮包里掏出一个"红本子",冲刘老头喊:"老刘,老刘,你看我给你带来了啥?"

看到"红本子",刘老头两眼放光,颤抖着手接过"红本子",却怎么也打不开。

科长帮颤抖着手的刘老头打开了"红本子":

聘 任 书

兹聘任刘有光同志为门房保卫员,聘期自 2011 年 6 月至 2011 年 12 月。

××院
2011 年 5 月

刘老头轻轻抚摸着"红本子"，眼睛潮湿了。

"老刘，收起来吧！"科长提醒刘老头。

"不，还给您！"刘老头却把"红本子"递给科长。

"这是给你的聘书！"科长把"红本子"塞给刘老头，"收起来，病好后回去好好干。"

"不用哪！"刘老头硬是把"红本子"塞还给科长，脸上居然又露出了招牌式的微笑。

…………

刘老头始终没接那"红本子"，出院后也没回院里上班，只带着他那招牌式的微笑回了乡下。

家　教

从系学生会接过家教名单时，我虽然极不情愿地交了40元介绍费，心里却美滋滋地盘算着：一个钟头10元，一次2个钟头，一个星期2次，一个月家教就有160元，除去40元介绍费，一个月一个家教就有120元收入。勤快点，一个月找2份家教，当月的生活费就有了着落……

星期六上午，我照着地址去认主儿。东转西转就出了城，地址上没有街道名，没有门牌号码，只落了"渔民新村对面，自编号×××，×××人"字样。

好不容易找到城郊的渔民新村，村对面原来是一片农田，现在正等待开发，到处堆着垃圾。几间工棚，零星散落在杂树荒草中。

会不会搞错了？我掏出纸条,纸条上的字样清晰可辨。我只好推着浑身响就是车铃不响的自行车沿着田埂往远处的工棚走。

田埂两边,堆满城市垃圾,恶臭阵阵。老鼠在垃圾里乱窜,苍蝇成群围着发出腐臭的尸肉,人一走到,轰炸机般"嗡嗡"叫着在尸肉上盘旋,白的、红的、黑的,各式各样的塑料袋一半压在垃圾堆里,一半随风飘舞,像一个个幽灵在呜呜诉说。

我捂紧鼻子,觉得快要窒息了。

住在这种鬼地方的人难道也请家教吗？

希望就像涨大了的肥皂泡,岌岌可危。

学生会联系过的,不会有错。我一边捂紧鼻子,一边安慰自己:垃圾堆里住的主儿,兴许比城里斤斤计较的知识分子还阔气呢!

这样一想,就好像钱已进了口袋,感觉臭气淡了。

"哎呀!"踩到了软绵绵的东西,抬脚一看,妈呀,是一堆狗屎。

"倒霉!"我把皮鞋在垃圾堆旁的草丛里擦了又擦,心里升腾起的一丝希望就像杯子里的啤酒,泡沫少了,杯子空出一大截。

转过两间工棚,是几间露天的猪圈。圈里,一群脏兮兮的猪在"嗷嗷"叫;圈外,猪屎猪尿横流,腥臭扑鼻。

前没村,后无店,难道我要找的主儿就住在这儿？

"刘国强在吗？"隔着猪圈,我对着猪圈后面的一间低矮的小工棚大声喊。

没人应答。

"刘国强是不是住在这里？"我又大声喊了一遍,然后迅速捂住了鼻子。

还是没人应答。我感觉被人玩弄了，心里蓦然升起一股无名火，脸憋得通红通红，脚狠狠地踢起一块石头。

就在这时，一个八九岁的男孩从猪圈后面的工棚里探出头，蓬头垢面，怯生生的，像做了错事一样。

"您找刘国强？"男孩的声音在颤抖。

"刘国强住在这儿？"我没好声没好气地说完后又捂住鼻子。

"您是华师大的哥哥吗？"蓬头垢面的男孩还只是探出个头，声音小小的，怯怯的。

"你怎么知道？"我愣了一下。

"我姐请您来当家教，我就是刘国强。"

"你就是刘国强！？"我忘了捂鼻子，一阵臭气直灌鼻子。

"呕……"我终于忍不住呕了起来。

"对不起，这里脏。"男孩出了工棚。我突然发现他破烂的裤腿里空着，他是爬出工棚的木门槛的，低垂着头，一脸惶惶然。

我心里咯噔了一下，没说话。

见我没说话，男孩的头低得更低。

"你姐姐呢？"我试图打破难堪的局面。

"我姐姐出去捡东西了，她可行了，她说她不认字，她要帮我请最好的家教。"

"你家大人呢？"

"他们不要我和姐姐了，不知道去了哪里。"泪顺着男孩满是尘垢的脸往下流成了两道沟。

我震惊了，怔怔地看着男孩。

男孩一直像做错了事，始终不敢看我。

"这里太脏了，您还是走吧，大哥哥。"见我呕出了眼泪，男孩十分愧疚，几乎是哭着说的。男孩说完往工棚里爬。

我强忍着臭气,跨过猪屎猪尿流成的沟,牵着他黑黑的手,跟着他进"屋"。

　　男孩终于抬头看我了,泪却流得更欢了。他把我的手攥得紧紧的,生怕我会走掉。

　　狭窄昏暗的"屋",只有门口透进来一点儿光,地湿滑湿滑的,到处堆着瓶子、纸捆……在"屋"里,我足足站了几分钟才适应过来。

　　男孩说,三年前,父母带着他和姐姐从湖南过来住在这工棚里;一年后,父母就走了,谁也不知道他们去了哪里。

　　"隔壁养猪的光头老欺负姐姐和我,我要读书,读了书有出息了,他就不敢欺负我们了。"

　　男孩说,他姐姐出去捡东西卖,卖了钱买回东西吃,姐姐还积攒了钱要供他读书。

　　说到姐姐,男孩脸上放光。

　　正说着,"屋"外有人叫:"屋里谁啊?"

　　"姐姐,是大哥哥,华师大的大哥哥。"男孩冲着门口高兴地嚷。

　　"哦,大哥哥您好。不好意思,太乱了。"

　　同样是一个蓬头垢面的小孩,约莫比男孩大两三岁,瘦瘦单单,风一吹就倒,肩上却背着个大竹篓,竹篓里装着小山般的酒瓶子、纸捆。

　　女孩进了"屋",放下纸捆,叠了瓶子,极力想让"屋"整洁起来……

　　黄昏时,我结束了家教,准备回校。

　　"大哥哥,我们钱用光了,您还会来教我弟弟吗?"

　　冷不防,女孩的一句话把我问住了。我来家教,不就是为了挣钱过日子吗？可是……

"会的，会的！"我低声说，好像做了亏心事。

"谢谢大哥哥！"女孩扑通一下朝我磕头，弄得我手足无措。

我拉起女孩。女孩起来后径直走到"屋"角，掀开纸捆，抽出两张10元，红着脸递给我。

"我不能收他们的钱！"我心里一遍又一遍地对自己说。

"大哥哥，您不收钱，您就再也不会来教我了。"男孩眼泪在眼眶里打转。

"我收，我教！"我的眼泪也在眼眶里打转。

到了约好的时间要再去给男孩家教时，辅导员叫我去给他办一件事，没去成。

再次要去男孩那里家教时，我给男孩买去了一套小学教材。

可是，我到男孩住的工棚时，男孩和他的姐姐已经搬走了。

门铃声声

阳光透过薄薄的窗纱，在逼仄的屋子里飘浮不定。半靠在破旧沙发上闭目养神的祥子，尽管很劳累，但一想到下午久违的场面和"革命"行动，仍然兴奋不已。

"叮咚！叮咚！"门铃响起。

进来的是祥子的妻子。妻子一进门就说个不停："街上乱哄哄的，我顾不上回办公室拿锁匙就回家了。哎，你怎么这么早就回来了？儿子呢？儿子回来了吗？"

“我去‘革命’了一回呢！”祥子抑制不住内心的兴奋，全然忘却了下午“革命”之前挨了老板的训斥，点了一支烟，绘声绘色地跟妻子讲述下午的“革命”行动。

下午一上班，老板就把祥子喊过去。老板把祥子近期的工作批得体无完肤，把祥子认为近期办得最漂亮的事说成是瞎折腾。

被老板训得灰头土脸的祥子回到办公室抽闷烟。忽然，窗外高喊“抵制日货”“日本人滚出钓鱼岛”的声音一浪高过一浪。

半靠在沙发上郁闷的祥子用高高跷起的双脚重重地把玻璃窗推上。

“抵制日货！”

“钓鱼岛是中国的！”

“打倒日本军国主义！”

…………

声浪越来越近，穿透厚厚的玻璃窗。

祥子烦躁地站起来，瞄了一眼窗外：不远处，密密麻麻的游行队伍围住了一辆白色小汽车，停止了前进。

祥子忽然一拍大腿，来了精神，抓起桌上的一串锁匙，飞奔下楼。

在公司门口马路边，祥子快步跑到一辆黑色丰田车前，拉开车门，钻进汽车，迅速发动。车子一溜烟开进了公司隔壁家属楼，拐了两个弯驶入地下停车场。

一会儿，祥子急匆匆跑上来，一步没停迎着游行队伍跑过去。

白色小汽车被围得水泄不通。祥子左冲右撞，挤进人群中间。

“抵制日货！”祥子跟着人群大声喊。

灼人的阳光照在白色的车上反射出刺眼的光。一贯眼睛不好的祥子被汽车反射的光灼了一下眼睛。

"砸这日本货!"祥子揉了下眼睛,无名火顿起,抬起右脚,重重地朝车门踹去。单薄的车门立马陷进去了一块。

"砸这日本货!"人群跟着祥子喊,用脚踹,拿东西砸。

得到了大家的响应,祥子更加热血沸腾,跳上车顶,狂踹汽车……

顷刻间,一辆汽车变得伤痕累累,几乎成了一堆破铜烂铁。

"砸日本货!"怒火如浇了油的草,越烧越旺。砸出了快感的祥子带着愤怒的人群,沿街砸日本车。

…………

警察把人群驱散后,祥子带着挂了彩的右手臂兴高采烈地回家!

"'革命'了一回,爽!"祥子意犹未尽地对妻子说。

"叮咚,叮咚!"门铃又响起。

儿子回家了。儿子同样一脸兴奋:"爸爸,抵制日货! 我带人砸了一辆日本车!"

"什么? 儿子也'革命'了一回,爱国了一回?"祥子一脸欣慰。

"耶!"祥子比出胜利的手势,并与儿子击掌庆贺!

"叮咚,叮咚!"又有人按门铃。

小区保安气喘吁吁地站在门口:"老陈,你家的车被砸了。"

"什么? 我的车停在车库啊,怎么会被砸了?"祥子嘴张得大大的,"谁砸的?"

"儿子,赶紧打电话报警!"祥子高声喊。

"爸爸,不用报警了! 车子是我带人砸的!"十岁的儿子一脸骄傲。

"啪"的一声,祥子伸手给了儿子一巴掌:"蠢货,怎么砸自己的车?"

"我们家的车也是日本车啊!"儿子歪着脑袋,强忍着不让委屈的泪水流下来。

"啪"的又一声,祥子又重重地给了儿子一巴掌:"蠢货,还敢顶嘴!"

委屈的泪水从儿子脸上肆意流下来。

"叮咚,叮咚!"门铃声再次响起。

"谁啊?"祥子心情坏到了极点,极不情愿地打开了门。

一高一瘦两个穿制服的站在门口:"谁是陈家祥?"

"我是——"祥子忽然有种不祥之感。

"视频监控显示,今天下午你涉嫌带人砸毁了一批汽车,请跟我们到派出所走一趟!"高个子冷冰冰、硬邦邦的话一下让祥子掉进了冰窟窿。

随两个穿制服的走出门,到楼下,祥子朝车库望了望,始终望不到自己的黑色小车,极不情愿地上了警车。

警车闪烁着红灯,呼啸着开出了家属楼。

黑金的发现

幽深阴凉的办公室里,几缕阳光在跳舞。一会儿舞在塔山冷静的脸上,一会儿舞在塔山嘴里叼着的长长的烟管上,漂浮不定。

塔山叼着烟管——其实他已经很久很久没抽过烟了,他叼着烟管就是为了寻找一种熟悉的味道和一种权威的感觉。

烟是个好东西，虚无缥缈，轻轻一口气，你想让它朝哪儿飘就朝哪儿飘。塔山叼着烟管会心地笑。

塔山的案头上放着学生的一份考古发现报告。学生在一次考古中，发现了一件纯陶瓷烧成的椭圆形的东西，丁字底，中间被掏空了，凳不像凳，椅不像椅。

学生经过认真研究后推认出这是 1 万年前，也就是大约在公元 2000 年间人类使用的马桶。马桶在地下历经上万年不仅保存完整，就连马桶内的浮球阀、排水管也清晰可见。学生在感叹当时人类在浪费资源，连屙屎拉尿都要弄这么一个精致的东西的同时，也对当时人类的烧制技术发出感叹。

学生虽然对这件出土文物进行了确认，但对文物里一串黑黑的长满绿锈又一根根一模一样的硬硬的东西犯愁了。

这是什么东西？怎么会在马桶里？

塔山戴着手套，拿着放大镜仔仔细细地观察。

"拿去测试吧。"塔山指挥学生。

"这一串黑黑的东西延展性良好，能被磁化也能很快去磁，经氢气加热可去除绿锈……"测试结果很快出来。

"这难道就是古人所说的黑钢、金铁？"塔山异常兴奋。要知道，古人原来大肆使用的黑钢、金铁早就绝迹了。

"可为什么这东西是在马桶里呢？"学生疑惑不解。

"开动这里，放飞思想。"塔山沉吟了很久后点了点学生的脑门。

学生心领神会。三天后，一篇关于黑金的考古发现的报告交到了塔山手里。

在这篇报告里，这串黑黑的东西名叫黑金，现已绝迹。在 1

万年前,这东西到处都是,广泛用于工业。之后,这东西越来越少,人们渐渐以拥有这些东西为荣,这东西成了当时的准货币。

"好,这个想象好！可还没有解答这东西为什么放在马桶里。"塔山提醒学生。

学生抓耳挠腮:"可能是主人大意掉进去的,也可能是自然的作用,这和研究有关系吗?"

"你可以这样设想或这样描述一下,当时正值战乱,强盗横行,人人自危,有宝不敢示人。于是,聪明的马桶主人就想到了把这东西放在臭气弥漫的马桶里……"塔山用力吸了吸烟管,烟没飘起来,思想却飘起来了。

"行文至此还要大胆想象,勾勒出当时的社会愚昧、政治野蛮、经济不景、科技落后,但资源丰富……"塔山意味深长地点醒学生,"这样我们才能开一领域的研究先河！"

"谢谢恩师指点！"学生激动得满脸通红。

数月后,一篇洋洋洒洒数万字署名为塔山和语申的考古论文《黑金的发现》震撼了世界。

权威专家塔山叼着烟在学术研讨会上称这是当代人类历史上一次最伟大的考古发现！

很快有人出来反击《黑金的发现》一文,反击者甚至掘地三尺引用据说是生活在1万年前的一个叫作韦名的人的一篇不慎流传下来的短文《修桶记》:

马桶又漏水了,真糟糕！揭开马桶盖,压了压浮球阀,水一泻千里。手松开,阀门盖回不了位,水在漏。哦,原来是阀门太轻,回不到位。顺手把一串没用的锁匙拴到浮球阀底,压了压浮球阀,水一泻千里。手松开,阀门盖迅速回位,水不漏了。滴滴水,点点油,能省则省,资源宝贵啊！是为《修桶记》。

围绕着《黑金的发现》，学术界进行了旷日持久的论战。后来，学术界纷纷成立"黑金学""马桶学"，一拨一拨的学术精英对黑金的研究前仆后继。据有心人统计，一个马桶居然养活了成千上万人。

塔山嘴里叼着长长的烟管，成了黑金研究者和马桶研究者的偶像。

梨 花 开 时

素肌梨花，冰姿玉骨，缀满枝头。花下，青春情侣，相依相偎，伴花画花。

男的张衡，学美术出身，在一工厂搞宣传，喜画梨花。每年梨花开时，背上画夹，带着女友，画一尘不染的梨花，画青春亮丽轻盈活泼的女友……

女友黎阳，如花中粉蝶，主动追逐英气逼人、风流倜傥却是谦谦君子般、遇生人还脸红的张衡。

曾几何时，白雪做床，绿叶当被，梨林里留下他们的欢乐……梨花散尽梨子结，张衡和黎阳却是情到浓时化作淡。在落花如雪、谈婚论嫁之际，说分手就分手了。

众人诧异。

"鞋合不合脚，自己最清楚！"面对闺密的惋惜，黎阳梨花带雨，一脸委屈。

分手没多久，黎阳很快和厂长的儿子好上了，但感情时好时坏,时冷时热。

雨后梨花,别有一番意境。画了梨花回来,得知黎阳登记结婚,看着画里带雨的梨花,张衡的心酸酸的。

黎阳婚后,张衡走在路上,后面总有人指指点点,张衡未在意。后来,有些女的看张衡的眼光也怪怪的。再后来,常常以看画为名来看张衡的几个女孩,竟一个也不来了。

梨花落尽艳无存,喜画梨花的张衡曲高和寡,挂起画夹,孤单清静。

一次工厂聚餐,喝多了酒后,原本斯斯文文的张衡居然和一青工起了冲突。

"你以为你是谁? 一个没用的东西!"青工讥讽张衡道。

"你说谁没用?"张衡涨红了脸。

"就说你,你没用,不是男人!"青工脸红脖子粗。

一记老拳砸在了青工的脸上,酒桌乱成了一锅粥……

一张薄薄的纸却被捅破了,"没用"的张衡往后不管走到哪里,都被人看不起。

梨花又开了。那天,张衡出门画梨花前肚子痛,进厕所蹲了很久。一名急着冲洗完厕所下班回家的中年女工等得不耐烦了,催了几回,把张衡催急了:"你催命鬼啊?"

"就催你这没用的东西,搞再久也没用!"一听是张衡的声音,女工反讥了一句。

一语戳痛张衡。张衡提起裤子,冲出门口,把那女工拉进了男厕所。

"叫你看有没用,叫你看有没用!"三下两下,张衡脱下了女工的裤子……

女工的呼救引来了很多工人,他们把张衡押到了工厂保卫处。

张衡洗刷了"没用"的骂名,代价是十二年的铁窗生涯。

刑满出来,风流倜傥的张衡四十岁不到头发白了,成了小老头。

工作没了,亲朋没了,出狱后的张衡一块画夹伴青灯,独自画那心中的沧桑。

忽一日,一女敲门。这是张衡出狱后的第一个来访者。

门开了,张衡愣住了——岁月在昔日的情人黎阳脸上同样刻下了深深的印记,青春当然不再,活泼也不复存……

黎阳在张衡面前扑通跪下!

伤仇如茶,时间冲淡了一切……平静的张衡扶起颤抖的黎阳进屋。

"我自私,我卑鄙,为了证明我的处女身然后和他结婚,我说你……"泪从黎阳脸上如珠般滚下。

"……"张衡干涩的眼里满是迷茫。

"我不是人,我害了你!我愧疚了十几年啊!"黎阳哭得很伤心。

"你只要过得好就行!"没了悲,没了伤,更没有愤怒,张衡悄悄抹了泪后,如一潭死水般平静。

真是应了黎阳早年的那句话,鞋合不合脚,只有自己清楚。嫁给了厂长的儿子,黎阳穿了一双太紧太硬太硌脚的鞋,十几年了,走得很苦很累很痛……

又是一年春风吹来梨花开。梨花如雪如练,花团锦簇,招蜂引蝶。

十几年没画梨花了,张衡背起画夹,准备出门,黎阳堵在了门口。

"我陪你去画梨花,好吗?"黎阳抬头望着张衡,双眼蓄满泪。

张衡望了望屋里挂着的发黄变色的梨花图,一言不发。

治安联防

"这一车厢的乘客就交给你管了。治安联防同志。"

从广州回老家的火车上,列车员微笑着把我请到餐车开会,让我当车厢治安联防。乘警正了正帽子,严肃而又语重心长地对我讲的话让我掂量出了分量,也让我有点儿受宠若惊。

打我记事以来,我就没管过一个人。记得读小学时,我渴望当个小组长,哪怕就只能管管八个同学,可学生干部几乎是终身制,轮也轮不上我。当兵第二年,我极力讨好排长,就是想讨个班长或者是副班长当当,管管十来个新兵蛋子,可排长抽了我不少好烟最终还是没看上我。出来工作,我在工厂生产第一线,我想管管人的机会更少,唯一的一次是工会小组长改选,我抱着满腔的热情而最终同事们不投我的票,我美丽的希望又化作肥皂泡……如今,一个车厢的乘客起码也有百多号人,相当于十来个班三个排一个连了,这让我管,我当然掂量出了分量。

我的座位在车厢中间,按照乘警的吩咐,我戴好写有"治安联防"四个大字的红袖章搬过行李坐到车厢前头的治安联防专座上。

坐在专座上,我监视着车厢内所有的乘客。可是,我个子太矮,坐在专座上我很难看到车厢内所有乘客的一举一动,我只好站起来。矮个子站起来总比坐着的高个子高吧,我自个儿想。

站在车厢前头,我环视着车厢内所有的乘客。车厢太长,我不能把写在每个乘客脸上的神情一眼洞穿。我只好装作若无其事地从车厢的前头走到车厢尾。经过一遍的仔细观察和认真筛选过滤,我认为我这节车厢的可疑人物有三个:剪平头的外地小伙子,尖嘴猴腮的中年人,还有穿着性感的异样女郎。虽然这三个人都衣着光鲜,可第六感告诉我,这些衣冠楚楚的兴许就是梁上君子。

认定了目标,我就开始盯梢。不巧的是这三个可疑人物一个坐车厢前头,一个在尾部,一个落在中间。这让我在专座上坐甚至是在专座前站的机会都没有了。我每隔十几分钟就从车厢头走到车厢尾,走的时候,我经常有意无意地抬抬右手,好让我右手臂上的红袖章更显眼。或许,精神上的压力更具有威慑力。

车到一个站,列车员紧赶慢赶地跑去开车厢门,车厢内有人准备下车,引起了一点儿小骚动。什么叫浑水摸鱼?我想,列车每一次停靠站时兴许就是小偷浑水摸鱼之时。于是,我打起十二分精神,站在车厢中间警惕着整节车厢的动静……

"各位乘客,列车已进入夜间运行,为方便您休息,车厢内将停止照明……"

随着列车广播响起,列车员关掉了车厢内的灯光,只留下微弱的休息车灯在车厢里像重病患者一样苟延残喘。一阵困意袭来,我感觉眼皮好重。我抬手看了手表,已是夜间 11 点了,列车上的乘客大都不再像刚才那样高谈阔论,个个昏昏欲睡。这时,列车员也打着呵欠打开车厢办公室的门休息了。

熄灯后乘客休息了,放松了警惕,这才是小偷下手的好时机啊!一想到这里,我丝毫没了睡意。

我还是每隔十几分钟就从车厢头走到车厢尾，还是紧盯着三个嫌疑对象不放。坐在车厢中间的平头小伙子趴在桌子上打瞌睡，我判断他在假寐，他是在寻找机会。果然，我从他身边经过时他抬起头看了看我。车厢尾部的性感女郎却是一点儿睡意也没有，这时正在打开她自己的行李袋（我确认过，这是她自己的行李袋），我走到车厢尾部时，她一边吃着刚从行李袋拿出来的苹果，一边看着我，把我当怪物看。我才把她当怪物呢，我在心里骂了一句就走回车厢前头……

列车在凌晨一点、两点半和三点又停了三次站。每次停站，我都不敢大意。凌晨四点，列车安全抵达终点站，列车员揉着惺忪的睡眼从我手里要回了红袖章。

虽然交回了红袖章，可我不愿意不高兴的事情发生，我在车厢下车处留意着下车乘客的一举一动。当所有的乘客都下车后，我才最后一个下车。

寒冬里的一阵冷风让我打了个趔趄，我感觉到双腿像注了铅一样沉重。抬头看到车站门口写着大大的"汕头站"三个大字时，我惊叫一声"不好！"

我应该在一个小时前的潮州站下车，我坐过了站。

我拖着注了铅的双腿来到车站出口处，车站验票员要我补票。我脸红了一下随即往裤子后袋掏钱包。我手一摸后袋，顿时昏厥了过去，我的钱包不见了……

香 蕉 熟 了

搬进半边楼的集体宿舍时,我惊讶于楼前的一簇长势旺盛的香蕉树:阔大翠绿的叶,茁壮的树干,还有那像笋一样破土而出的幼枝。迎风一吹,沙沙作响,令人心旷神怡。

这么茁壮的香蕉树,一定能结出大串大串的香蕉。我首先想到的是黄澄澄像月牙儿的香蕉。

"这是谁家的香蕉树?"我问腾出房子给我住的人。

"没人拥有。"

"那香蕉成熟了归谁?"我想着那成串成串吊着的香蕉。

"不会长香蕉。"

"为什么?!"

搬走了的人给了我意味深长的一笑。

这么好的香蕉树,怎么会不长香蕉? 或许是对香蕉的痴迷,我住下后一直关注着香蕉树。

春天来了,香蕉树下的幼枝猛长。秋风瑟瑟,齐刷刷长到二楼窗户的一株老枝吐出了雏蕉在风中颤抖。

香蕉不是长了吗?!

我怀疑先前搬走的人见我对香蕉太痴迷,跟我开了玩笑。我也似乎已剥开了黄澄澄的香蕉皮,圆滚滚的香蕉肉随口可得。

可是,雏蕉只挂了三天就黄了,莫名其妙地黄了。

第二株老枝又吐出了雏蕉,我生怕雏蕉又会黄。我第一念头就是给香蕉树多培些土。我弄了些旧报纸，把雏蕉捂起来，防寒潮。

我张罗着给香蕉培了土，末了要到二楼人家的窗口给雏蕉捂旧报纸时，半边楼的好多老住户看耍猴一样看着我爬上爬下，看得我心里发毛。我猛然想起了搬走了的人的意味深长的笑。我极不情愿地停止了一切张罗，只在心里默默祈祷雏蕉成长。

一天，两天，三天……雏蕉竟一个星期平安没事。这时，见了半边楼的邻居我心里倒犯嘀咕，如果这蕉成熟了，该归谁？我？半边楼的其中一个人？半边楼里六十多户人？够分吗？

我不安起来。幸好，第十天，雏蕉就开始发黄。我心里一块平分胜利果实的砖头落了地。

这一年的香蕉自然没长成。

第二年，我很少留意香蕉树，这一年黄澄澄的香蕉半边楼的人谁也没吃过。

第三年，我几乎忘了那片长势旺盛的香蕉树。

第四年我搬出了半边楼，来住我房子的是一对刚结婚的年轻人。

"这是谁家的香蕉树？"年轻人问我。

"没人拥有。"

"那香蕉成熟了归谁？"

"香蕉不会成熟。"我给了那对年轻人一个意味深长的笑。

九 九 约 定

接到周二上午九点到东办公室与老板谈话的电话,东赵既紧张又激动。

老板在公司里有东、西两间办公室,平日里,老板只在西办公室上班,东办公室长年房门紧锁,窗帘严实,十分神秘。老板有东赵、西钱、南孙、北李"四大金刚",分别来自这座城市的东西南北。作为"四大金刚"之一的东赵来公司前,东办公室就已存在。这么多年了,东赵从没进过东办公室,其他三个也都只听闻东办公室十分考究的装饰而未亲眼见过。公司里有规矩,除老板召唤外,任何员工不得进入东办公室——老板几乎从不召唤员工。据说,老板艰难创业之初,喊过公司一个年轻人去过东办公室。后来,这个年轻人成了老板的副手,为公司发展立下了汗马功劳——可惜英年早逝。公司发展遇到瓶颈时,老板从外地请了一位高人到东办公室做客。老板和高人在东办公室密谈了一天,最终促使公司转型升级,不断发展壮大……

公司的人都知道,能进老板东办公室者,不是高人就是能人,所谈的也必定是左右公司的大事要事。老板突然喊东赵到东办公室谈话,这怎能不叫东赵既紧张又激动呢?

一个晚上没睡,东赵想象了和老板在东办公室谈话的无数场景,也准备了老板会和他谈的无数话题。

一进东办公室,东赵紧张得顾不上看看房间的陈设,径直走到老板跟前,在老板的招呼下,局促地坐到了老板的斜对面,怯生生地看着老板,等待老板吩咐。

"世界这么大,我想去云游!"东赵怎么也没想到老板微笑着对他说出这么一句话。

东赵感觉到了,自从老板的妻子去世后,无儿无女、无牵无挂而又淡泊人生的老板开始收缩生意,辞散员工。东赵却没想到老板会撂下这么大的实业,一个人想去云游四方。

"老板,您是不是再考虑考虑?"东赵脑子里一片空白,找不出更好的话来劝阻老板。

"已决定了!"老板仍是微笑着说,"感谢你这么多年跟着我打拼,辛苦了!"

"……"东赵瞬间迷茫了。

"天下没有不散的筵席。"老板端起茶杯,自始至终微笑着,"以茶代酒,咱们就此话别!"

"老板!"东赵的一句老板包含着千言万语。

"若今后念想,两年后的九月初九是我七十岁生日,你到九月九酒楼九九房来吃长寿面!"老板和员工一向交好,更是将手下"四大金刚"当儿子看待。看着东赵的难受样,老板和他约定。

"一定! 一定!"东赵头点得像鸡啄米。

"人生七十古来稀。七十岁后,过一年少一年,你若愿意,每年我生日那天,到同一地点吃长寿面!"老板微笑着轻轻拍了拍东赵的肩膀。

"好!"东赵真诚地应答老板。

该谈的谈了,东赵恋恋不舍起身离开。

"等等!"老板叫回走到门口的东赵,递给他一张银行卡,"这是一百万,额外的!"

老板站起来微笑地看着东赵，满脸慈爱。

东赵千恩万谢退出东办公室，千恩万谢离开公司。

一个月之内，老板用同样的方式把"四大金刚"余下的三个人一一喊到东办公室，一一赠送一张银行卡——当然卡里的数额不同，一一约定两年后吃长寿面。

每一个都是千恩万谢退出东办公室，千恩万谢离开公司。

送走了"四大金刚"，公司宣告结业。老板呢，说走就走，云游四方去了。

两年后的九月初九，"四大金刚"从东西南北来到九月九酒楼，惊讶地重聚于九九房。

久别重逢。"四大金刚"一时忘记了昔日的明争暗斗，怀念老板，诉说别离。

正午过了，长寿面热了冷，冷了热，老板一直未现身。

重逢的惊喜退去，"四大金刚"慢慢地不耐烦了，相互对比和老板的关系，相互打探老板当年的馈赠。

人比人，气死人。"四大金刚"比来比去，把昔日对老板的千恩万谢比成了怨恨：西钱心想我在公司贡献最大，老板馈赠的却不是最多；南孙嘀咕自己和老板关系最铁却拿得最少；北李不忿昔日救过老板的命，有恩于老板，拿的却只比另外三人多一点点……唯有东赵泰然处之，一声不吭——东赵拿的不是最多，却用这笔钱办了一个正红火的企业。

"老板不来我们也得吃啊！"西钱怨气很大，嚷叫着时候不早了，不等老板了。

"面咸了！"南孙叫了一句。

…………

每人一碗长寿面在骂骂咧咧中吃完。

"明年还来吗?"北李抹了抹嘴,突然问了一句。

没人应答。

没人应答不等于第二年九月初九没人来吃长寿面。第二年的这一天,来了东赵、南孙、北李三人。正午过后,老板还是没现身。三碗长寿面和去年一样在骂骂咧咧中被吃完。

第三年的九月初九,只来了东赵、北李两人。北李告诉东赵,老板兴许殁了,明年他也不来了。

来年的九月初九,只有东赵一个人来吃长寿面,没了骂骂咧咧,很是冷清,东赵一碗长寿面吃了很久很久。

往后每年的九月初九,尽管生意做得越来越大、自己也越来越忙,但东赵一如既往早早来九月九酒楼,等不来老板,独自吃一碗长寿面后离开。

老板八十大寿那年的九月初九,东赵和往年一样,早早来到九月九酒楼。

和往年一样,正午过后,等不来老板的东赵正准备举筷独自吃长寿面,这时,九九房间的门被推开了。

"能给我一碗长寿面吗?"一个白发白须的老者微笑着走进来问东赵。

"老——板——"东赵一下认出了老者就是老板,哽咽着泪流满面。

"我年年来,就在你隔壁。"老板微笑如故,"年年在镜头里看你吃长寿面!"

"……"东赵张大了嘴。

明年还来吗?老板微笑着用眼神问。

来。一定来。东赵学老板微笑着用眼神答。

桃 殇

村子不大，核桃树却不少，村头巷尾，山坡沟壑，尽是苍劲挺拔、郁郁葱葱的核桃树。

村里自然盛产核桃。桃是好桃，果大肉肥味香，壳薄掐之可破。可再好的核桃，还是路远价贱。

村人淳朴善良，村里融洽和谐。李家有事，张家赶紧帮忙；村头王家有好吃的，村尾陈家也尝尝。村里的核桃树，你十株，我二十株，都是祖上传下来的，虽没写着名字，可谁心里都清楚。唯独村东头的老核桃树，由于年代久远，谁也说不清究竟属谁家。

每年摘核桃时，老核桃树的核桃你分一点，我拿一些，乡里乡亲的，谁也不计较。

日复一日，年复一年，村人种桃卖桃，日子虽闲适却十分艰辛。

村民委员会换届时，镇里启动"能人治村"计划，老支书年纪大了，外出经商的阿浩被动员回村当书记。四十出头的阿浩，敢闯敢干，颇有经济头脑，村里第一栋三层小洋楼就是他家的。

走马上任，阿浩在村东头的老核桃树下蹲了三天，抽了一地的烟。

"围绕核桃树，做好大文章！"阿浩提出了村里的发展思路，又制定了村里脱困的九字方针——"深挖掘，广宣传，早脱贫"。

很多村人不以为然。

说十句不如干一事。很快,第一批客人被阿浩请进村里,他们是来研究旅游的。在阿浩的陪同下,他们漫山遍野地拍照。

客人对老核桃树产生了浓厚的兴趣。

这是一株苍老遒劲的老核桃树,树形大致呈"V"字形,粗壮坚韧的龙根,青筋虬盘,树干十余人合抱有余,主干隆起一个个硕大的树瘤,树冠像巨大的罗伞,亭亭如盖,遮天蔽日,密密匝匝的树枝苍劲有力,枝繁叶茂……

"这树有多少年?"

"少说也有几百年!"

"可有故事?"

"故事倒没有。就是'文革'时,村里唯一的老师被绑在老核桃树下批斗,差点儿……"

"打住,打住!"

客人走后又来。再来时,给阿浩带来完整的旅游策划方案:核桃树是乡村旅游的核心,春看芽,夏观叶,秋品果,冬赏枝……而这一切,都围绕着村东头的老核桃树展开。

在这方案里,老核桃树叫"状元桃",被考证为种植于北宋年间,距今超过一千年。相传,当年一书生赴京赶考前,为见证与一姑娘的爱情,亲手种下。书生告诉姑娘,核桃花开时,他就会回来接她。书生走了,姑娘日夜呵护核桃树。核桃树长大了,也没等来书生的音讯。别人都劝姑娘断了念想,姑娘却始终如一,日夜呵护核桃树,想念书生。奇的是,多少年了,书生没回来,核桃树一直不开花。姑娘坚信,核桃树一定会开花,心上人也一定会回来。然而,姑娘未等到核桃树开花就走了。姑娘走后一个月,多年未有音讯的书生中了状元,衣锦还乡了。书生回来的那天,从未开花的核桃树万花竞开。书生用核桃花厚葬了姑娘。老核桃树从此被叫作"状元桃"。"状元桃"历经千年沧桑,吸天地精华。相传,吕洞宾途经此地,感叹书生和姑娘的凄美爱情,还在大树"V"形底部打了个盹儿……

村人皆以为天方夜谭。

阿浩未予理会,继续一步步推进他的核桃树旅游大计。九月果熟,在老核桃树下,阿浩精心策划了一场"状元桃"网上拍卖会。两颗黄褐色的核桃装在一个精美盒子里,被"拍卖"到了1000元。

拍卖会后,在网络和报纸、电视的强势宣传下,"状元桃"不再是普普通通的核桃,"状元桃"被赋予了新的内涵,成了爱情之桃、胜利之桃、长寿之桃……"状元桃"红遍大江南北。

宁静的村子因"状元桃"而名扬四方。游人开始从四面八方慕名来看"状元桃",品"状元桃"。

阿浩每天给熙熙攘攘的游人讲述"状元桃"的故事,获得阵阵掌声。

如织的游人给村人带来了丰厚的收入,也逐渐改变了淳朴的村人:核桃就是白花花的银子,村人开始看紧自家的核桃。慢慢地,有的还惦记上了村东头的老核桃树——"状元桃"。

"这是我家的核桃树!"王家第一个站出来。

"我有证据证明这是我们家的!"李家说得证据确凿。

"20世纪50年代老核桃树就分给我家了!"陈家也不甘示弱。

…………

一时间,围绕着老核桃树的归属,村人先是争个面红耳赤,继而大打出手。

核桃花开得正旺时,一村人又在老核桃树下大打出手,引得游人围观。阿浩和老支书拉东家,劝西家,无济于事。混战中,老支书被推倒在老核桃树下。

老支书爬起来，一瘸一拐地回家，混浊的老泪流了一脸。

第二天，村人醒来发现，硕大的老核桃树倒了，核桃花洒落全村，红红的，像血。

没了"状元桃"，村子很快恢复了平静，可经历了喧嚣的村人却从此平静不下来。

看着硕大的核桃树桩，阿浩无奈地摇了摇头，向镇里递交了辞职信，一刻不停地回城了。

老 钱 销 烟

老钱怎么也想不到，打击假烟会这么辛苦！

为捣毁一家制假烟厂，第一次参与打假的老钱和组里的三个弟兄居然搞起了伏击，在距假烟厂不远的一个山坡里潜伏了一天一夜。

"3·15"消费者权益日临近，市里组织了大规模的打假行动，老钱被抽借来打假，分在了假烟组。

有着多年烟龄的老钱对分在假烟组可高兴了——最起码以后可以少抽到假烟了。为此，老钱铆足了劲。

可是，潜伏时间长了，老钱的劲一点一点地泄了。最难受的是，怕暴露目标，烟瘾上来了还得忍——这简直比要命还难受。

强忍着烟瘾，老钱直犯困，口水还不听使唤地流出来。

"你偷偷抽几口吧！"组长老李实在看不下去了，撕开了一包红塔山,递了一根给老钱。

就像饿汉见到了面包,老钱接过烟,拱起屁股,头朝地下,迫不及待地点烟。

恶狠狠抽了几口,老钱抬起头来,一脸容光焕发,幸福极了。

俯下身再狠狠抽几口,老钱抬起头来神色不对了。

"怎么啦?"老李诧异。

"老李,你这烟草局的也搞假烟糊弄人?"

"去你的,我这烟要是假的,这世上就没有真的烟了!"

"我抽了十几年的红塔山,红塔山什么味道,我一进口就分辨得出来。你这烟辣口,烟丝烧得慢,肯定是假烟!"

"你尽扯淡!"老李被老钱激怒了,学着老钱刚刚抽烟的样,拱起屁股,头朝地下,点烟抽烟。

"你怀疑我这烟是假的?"老李吐完了烟圈,讥讽老钱,"敢情你一直抽的是假烟?"

老钱的脸霎时白了。老钱一直抽红塔山,多少年了,老钱的红塔山都是在自家门口的烟草专卖店里买的,难道……

"再来一根试一试。"老钱不敢往下想,嘴里却不服气。

吸,咽,吐,品。老钱烟抽得非常认真:"不对! 这烟的味道就是不一样! 抽不下去啊!"

老钱从老李手里抢过整包烟,就着阳光,仔仔细细地端详,可什么异样也没发现。

难道……老钱心里开始打鼓。

"注意,工厂有人进出。"小刘眼尖,发现工厂大门开了,一辆大货车随即驶出工厂。

"行动!"说时迟,那时快,组长老李让大家迅速出动。

这一战收获不少,不仅查获了几万件已经装箱好的假红塔山,还查封了三套价值不菲的假烟生产设备。

在假烟生产车间,老钱拿起尚未装盒的假红塔山半成品烟,摸了摸,嗅了嗅,然后点了一根试了试。

熟悉的红塔山味道又回来了……

老钱的心忽地往下一沉!

庆功宴会上,老钱抽着桌上的红塔山,辣得抽不下去。宴会后,老钱把市烟草专卖局送的两条红塔山都撕开,抽。只有一个感觉,辣口!

哎——老钱长长叹了口气。

市里在4月初集中销毁假烟。作为假烟组成员,老钱参与了销烟活动。

看着堆得小山般的假烟,老钱百感交集。

顺着"烟山"转了一圈,老钱摸摸左边的假烟,又拍拍右边的假烟,像是在欣赏回味这次打假的成果,又像对着即将要被销毁的假烟恋恋不舍。

突然,老钱从"烟山"里抽出一条假红塔山,迅速撕开,往嘴里塞了两根烟,点起火,猛抽,猛抽。

"老钱啊,你还在抽假烟?"老李走到老钱身旁,对老钱抽了几十年假烟愤愤不平。

"哦——我再试一试这假烟。"老钱嘴里在吞云吐雾,想吐掉烟又还紧紧叼着。

转过一角落,老钱趁老李等人没注意,又撕开了一条假红塔山,一包一包往口袋里塞。

小山般的假烟被点着了火。

"可惜! 可惜!"看着"烟山"在燃烧,老钱满脸通红,走来走去,喃喃道。

怀 念 大 头

大头的头其实不大,反倒是身躯硕大无比。

大头因其名誉两河两山的水饺(两河两山人把云吞说成水饺)而成为两河两山的名人。

大头水饺以精面粉做饺皮,精面粉拌入适量的盐水后,不断用手工揉、搓、压、碾,直揉至饺皮包上馅不破而肉馅又透明可见。

大头水饺的肉馅更是精之又精,以翅脯、虾米、鸡蛋、瘦肉等做原料。翅脯以乌旗翅脯最好,并且要大小适中,大了味道过浓,小了则刺多无肉;虾米以清溪野生虾为主;肉要猪后腿肉,去筋骨和白肉。备齐料后,翅脯、虾米用臼子舂碎,再用米筛过筛,使其成为粉状,然后放入精肉加上适量鱼露慢慢剁成肉馅。

揉好了饺皮,剁好了肉馅,到包时还讲究饺子必须大小均一,粒粒如模印出。包好的饺子放入锅里用清水煮,熟后捞出兑入汤水。这汤水又有一番讲究,是用猪大骨、排骨肉、鱿鱼、干虾头,配鱼油、鱼露、葱子油等猛火烧开后再用文火慢慢熬出来。

大头的水饺由一碗两分钱卖到两毛钱后来又卖到两块钱。大头的身子随着饺子价钱的变化而发生了巨大的变化:头不再显大,而芦柴棒般的身子却日益显大。

大头在两河两山盖起了第一幢五层楼后,毅然关闭了他的饺子店。

没有了水饺吃的两河两山人便特别怀念水饺,怀念身子硕大无比的大头。

　　两河两山在大头饺子店关闭了半年后,便有了新江饺子店、回春饺子铺、山河饺子馆三家声称正宗两河两山水饺的饺子店开张。

　　新开张的饺子店都是一碗一块钱。两河两山人争着去吃久违了的水饺。

　　可没过多久,人们都把这三家店的水饺与大头先前做的水饺拿来一一对照,有的说水饺小了,有的说馅少了,又有的抱怨汤水不鲜美、味道不正宗……

　　三家饺子店的主人只好终日挥动着苍蝇拍击打无助的苍蝇。

　　人们又怀念大头的水饺,怀念大头。

　　大头却像养在深闺的姣姣女子一样,终日在他的五层楼里。

　　两河两山新开张的三家饺子店不到半年都相继关了门。

　　两河两山人没了水饺吃。

　　没了水饺吃的两河两山人越发地怀念水饺,怀念大头。

　　终于有好事者踏进大头的五层楼,好言规劝大头重新出山。大头挪都没挪那硕大无比的身子。

　　又有好事者提上重礼上门请教大头。大头弥勒佛一般笑笑:两河两山水饺在两河两山家喻户晓,谁家不懂? 大头退了重礼。

　　然而,拜师的、劝说的却络绎不绝地踏进大头的五层楼。

　　大头最后是含着热泪把五层楼的一、二层装饰起来,重新出山卖水饺。

　　复开的水饺店把价格降到一碗一块钱。

　　大家吃着正宗大头水饺,却感觉水饺味道不正宗。

　　于是就有呼声要求大头把价格调回去,把正宗味道端出来。

　　经不住忠实食客们的一再要求,大头含着热泪把水饺价格重新调到一碗两块钱。

大头自然是把水饺做得一丝不苟。皮、馅、汤都是精工细做。一分钱一分货。两河两山人欢呼着。

大头又盖起了两河两山的又一幢五层楼，大头把原先的五层楼全部装饰成水饺店。

大头成了两河两山的名人，先是当上万元户到县里领奖让两河两山人羡慕不已，而后又当上了县政协委员……

可是谁也没想到，大头的饺子店在宾客盈门时被县公安局强行查封了，而后大头被警车带走了。

大头被判了十年刑，据说是大头水饺的汤一直是用罂粟壳熬出来的。

大头走了。大头水饺自然没了。可两河两山人还是很怀念大头水饺，怀念大头。

女 人 和 鱼

女人是图书管理员，女人就像书架上的书本一样瘦弱。

女人爱养鱼，在宽大的图书室里。小小的鱼，装在高脚杯里，像女人穿高跟鞋一样精致。

女人的图书室很少有人问津，女人很清静，女人有空闲欣赏鱼。

女人打蚊子喂鱼，蚊子浮在水面，火柴梗大的鱼争先恐后往水面扑，一扑一沉。蚊子在水面跳舞，女人在水外跳舞。蚊子被鱼群分解了,吞进了鱼肚,鱼沉入水底歇息,水纹丝不动,女人感觉偌大的图书室纹丝不动。

女人喝酸奶,滴下奶喂鱼。奶从水面向下像花绽开,花罩住了鱼,鱼在水底散开,鱼追食奶,吞了又吐,吐了又吞,迅即绕着满杯的奶花转。极快,极快。女人先是乐,后又忧,女人随即给鱼换水。换水时,一条小鱼滑进下水道,其余的鱼在洁净的水里随波而舞。女人望着四壁的书,望着下水道,舞不起来,一瓶酸奶竟怎么也喝不完。

女人吃鸡蛋,留下蛋黄喂鱼。蛋黄掉落杯底,惊起鱼。蛋黄在杯底扩散,鱼头下尾上,嘴对嘴啃蛋黄。一小块蛋黄一阵子就被鱼吞光。女人又投入一块,鱼吃,女人吃。

女人瘦弱,女人感觉鱼也瘦弱,女人买来红虫喂鱼。红虫在杯里浮游,杯子也变红了。女人托着腮,看着鱼在杯里冲刺吞吃红虫。长长的红虫,一节在鱼肚,一节在嘴外,鱼吃完了又冲刺,又吞咽。女人感觉肚子饿。

图书室阴沉,女人感觉阴沉的杯子里鱼也压抑。女人买来富贵竹插种,女人也捡来水草放进高脚杯。鱼躲在水草里,优哉游哉;女人感觉自己也优哉游哉。

图书室里长年照不到光,女人担心鱼没光照,端了杯子在室外采光,灿烂的阳光在水面荡漾,荡出女人红红的脸膛。

女人把采了光的鱼端进图书室,女人一阵昏眩,女人怀疑杯里的鱼是自己,自己是鱼。

会飞的戒指

一辆高速行驶的货轮撞断了一座桥。

一辆变了形的车子被打捞上来时，人们惊讶——车上一对男女紧紧抱在一起，尽管被河水浸泡后发胀了，却仍然浑然一体，脸露笑容。

连体尸怎么也分不开，在场的无不为之动容。男尸上一枚戒指在阳光下闪闪发光，灿烂夺目。有人认出男的是附近的一个送菜司机，叫陈广，女的是他的老板娘。

…………

三点起床，开车到十几公里外的乡下采购新鲜蔬菜，然后回到所住的城市，一家一家市场分送，这是打工仔陈广每天雷打不动的工作。

这工作虽然单调，可陈广却不觉枯燥——年轻的老板娘每天陪着他早早起床去采购蔬菜。

老板娘虽不是很漂亮，可长着个圆脸，面善，话稠。

陈广当初就是看中老板娘的善良才来这里打工的。陈广打过很多样工，不仅被拖欠过无数次工资，还遭遇黑心老板的打骂。

面善的老板娘对打工仔厚道，从不拖欠工资，还时时有笑脸。

凭着这点，陈广觉得为老板娘卖命值得。

寒冬腊月，滴水成冰。老板娘直搓着冻得通红的手和陈广一起出门。人家毕竟是老板，陈广有些于心不忍："李姐，明天你多睡会儿,不要跟车了,我一个人能成。"

老板娘不让喊老板娘,她比陈广大几岁,让陈广喊她李姐。

"行,我没事,多个人多个帮手。"老板娘搓了搓手。

其实,陈广说完就后悔了。菜价一天一个样,没有老板娘跟着,你小子昧了良心怎么办?

老板娘被男人昧过良心。一个昧了她的钱。那时老板娘刚出道,她请一个司机帮她采购、分送菜。有一天她身体不舒服,司机主动提出一个人去,她信了他,给了他钱,他却连车都开走了——从此,再苦再累,老板娘都亲自跟车。

另一个昧了她的心。想当初,老板娘看着这个男人诚实可靠,生意做大了,年纪也老大不小,就让这个男人当起了老板。当了老板的男人不仅从此掌管了老板娘的一切,还到处拈花惹草——老板娘最终只好自己掌管起生意。

陈广知道老板娘被昧良心的事,这不,话一出口,就后悔了。

春来雨水稠。绵绵春雨的一个早上,陈广在车上等了很久,老板娘还没出来。陈广心想,老板娘最近老是没精神,莫不是犯了春困? 于是,他索性让老板娘多睡会儿。

可等了半个钟头,老板娘还是没出来。再不走,就采购不了好菜啦! 陈广着急了,按了几下喇叭。一会儿,老板娘才蹒跚出来,一上车便喘个不停。

"李姐病了?"

"没事。"老板娘说着,泪就出来了。

"他打你?"陈广看见了老板娘嘴角的血丝。

"……"

老板娘情绪低落了十几天。那天,送完菜后,老板娘精神好了很多,拉着陈广到一家酒楼去吃饭。

老板娘喝了很多酒："我要离开他。"

其实，陈广心里早就替老板娘想过无数遍，与其每天养一个闲人来打自己，还不如撵了他。

"你是个好人！"老板娘眼睛红红的。

陈广心里涌起一股热流。陈广跟着老板娘三年，好人算不上，可对这位"李姐"，陈广是十分忠心的。

"你说，李姐这些年对你怎样？"

"很好！"每个人心里都有一杆秤，陈广想都不用想。

"你喜不喜欢李姐？"

"……"说不喜欢是假的，三年朝夕相处，草木都会有情。可陈广并没有非分之想。

"你不喜欢？"老板娘逼视着陈广。

"不，我……"陈广点了点头。

"那你戴上这个。"老板娘脸上绽开桃红，掏出一枚戒指，"这枚戒指虽然不昂贵，却是我给男人买的第一枚，我不让那个人戴走。"

…………

陈广和老板娘当晚都醉倒在了酒楼里。

"该起来了！"凌晨三点，陈广叫醒了老板娘。

"走！"老板娘快乐地喊着。

陈广一路兴奋地踩着油门，车开得飞快。

老板娘一路含情脉脉地看着陈广。

"你再这样看着我，我都不懂开车了。"

"那就开飞机吧！把车飞起来。"

大雾弥漫下，陈广的车真的飞了起来——前面的桥断了，陈广的车像拍特技电影一样"飞"进了几十米深的河里。

老板娘的男人看着连成一体的尸体，脸青一阵红一阵，亲自扒手掰脚。趁人不注意，男人迅速捋下男尸无名指上的戒指，悄悄抛进了河里。

一条美丽的抛物线划过晚霞，闪了闪，飞进了河里。

阳光照在"喜"字上

一缕阳光从窗帘缝透进来，照在房间里张贴着的大大的鲜红的"喜"字上。玲早上起床后进出了三次卧室。

"老公，起床了！"第一次进卧室，玲娇声道。

"嗯……嗯……"朱睁了睁眼，看到玲出去了，继续睡。

"老公——"第二次进卧室，玲拉长声音唤。

"嗯……"朱伸了伸懒腰，揉了揉眼。玲一出卧室，朱倒头又睡。

"起床了——"第三次进卧室，玲粗声粗气地喊。

"……"朱坐了起来，伸手穿衣服。

玲看着朱蓬松的乱发，满眼的眼屎，眉头皱了皱。

恋爱那阵，朱每天早早起床，洗漱完毕后精神抖擞地站在床前呼唤玲。玲常常赖着不动，朱就挠玲，挠着挠着，两个人又滚到了床上……完事后，朱把光溜溜的玲抱到卫生间，给她挤好牙膏、放好毛巾……

"想什么呢？"朱嬉皮笑脸地把站在床前的玲拉到身边，想挠她,玲却别过了脸。朱讨了个没趣,悻悻地穿衣服起床。

"老公,吃什么早餐?"朱洗漱完毕,玲看着朱,双眼充满着期待。

"吃饼干吧!"朱看也没看玲,拉过一大罐饼干,拧开盖,抓起两块就啃。

玲不情愿地跟着朱拿起一块饼干,啃了一口,干涩,难以下咽,顿时鼻子酸酸的。

以前,朱会早早地冲好两杯热腾腾的豆浆,煎熟两份黄灿灿的荷包蛋,摆在桌上,等着玲。有一回,朱的荷包蛋还没煎好,玲饿了,拿出饼干充饥,朱自责了半天,又教育了玲半天:"早吃好,午吃饱,晚吃少,早餐不能吃那没营养的饼干!"

而现在,一块饼干把玲噎住了,喝了几口水后,玲进厨房煮早餐。

一会儿,两碗热气腾腾的蚝油捞面摆到了桌上。朱端起碗,狼吞虎咽,噎着了。

"你——你看你什么吃相?"玲不满地瞪了朱一眼。

朱倒了一杯水,喝了一口。他看了看玲,又倒了一杯,递给她。

玲接过水,抿了一小口,叹了一口气。

劳累了一天回到家,一切处理妥当,玲斜靠在沙发上,嗑瓜子,看一部时尚片。朱在客厅里百无聊赖,翻看当天的报纸。

"噗"的一声,客厅里平地起惊雷。

朱侧了侧身,继续看报纸。

"你——"一粒瓜子咬在嘴里,玲吐也不是,吞也不是。

朱看了看激动万分的玲,若无其事地继续翻报纸。

"你——"朱的态度激怒了玲,"朱若祥,你——你原先不是这样的!你原先放个屁都要进洗手间,出来时还要说对不起,可你现在——"

激动万分的玲抱着一袋瓜子气冲冲地跑进房间，重重地关上门。

朱停止翻报纸，看着因玲用力过猛还在颤抖的门，摇了摇头。

百无聊赖地坐了一阵，朱打开电视。四年一度的世界杯，英格兰正在酣战美国。

1∶0，英格兰领先。喜欢英格兰队的朱坚信英格兰队必胜，期待着英格兰队扩大战果。

"球进了！进了！这是一个乌龙球！"解说员声嘶力竭地喊叫着美国队逼平英格兰。

为着乌龙球，朱懊丧地捶打了一下沙发。剩下的时间不多了，朱多么希望英格兰队能再下一城！

"哎！我的连续剧时间到了！"在房间里独自嗑了一阵瓜子后，玲的火气消了，开门出来，坐到了沙发上，提醒朱。

朱只顾盯着屏幕，手心捏出了汗。

"哎！老公！"玲推了推朱。

"别烦我！"朱挪了挪身子。

玲定定地看了看朱，抓过遥控器，按了一下。

"干什么？你！"朱吼着抢过遥控器，调回球赛。

朱的平地一声吼吓着了玲。玲愣了半天，泪就出来了。

从前朱从不大声对玲说话，对玲是呵着护着，更不会跟玲争看电视——朱永远是个好好先生啊！

玲咬紧了嘴唇，流着泪走进房间，锁上了房门。

看完球赛，朱进不了房间，在沙发上躺了一阵，下半夜继续看球赛。

躺在床上的玲一个晚上听着尽管很小声却声声入耳的电视

球赛声和朱端啤酒杯放杯子的声音,辗转难眠……

他会敲门进来吗?玲一遍一遍地问自己。

一缕阳光从窗帘缝透进来照在"喜"字上,红红的,晃得玲目眩。

老 张

老张是一家报社的编辑,年纪不大,圆圆的脑袋滑溜滑溜,肉肉乎乎的,架一副圆圆的黑框大眼镜,没人看得出他的实际年龄,都喊他老张。

老张来报社时单身一人,每天忙于编版写稿,兢兢业业。好心的老编辑给他介绍了一个女友。老张平时懒散惯了,约会前,老编辑千叮咛万嘱咐,明天可要早点儿啊!

第二天九点,老编辑和女方来到约好的茶楼,不见老张。老编辑找了一个座位,小心翼翼地陪女方喝茶。十点半过了,一壶茶都冲淡了,主角老张还没露面,老编辑叫服务员换茶,女方止住了老编辑,催促老编辑买单走人。

"你怎么才来啊!"皇帝不急太监急,买了单准备走时,"真龙天子"出现了,老编辑责问气喘吁吁的老张。

"我相中了眼镜店的一副眼镜,就嫌太贵,没买成。刚好今天打折,我早早去了,没想到九点半才开门!"老张喝了一大口茶,全然忘了今天是来干什么的,掏出一副镜框,"便宜了50元,值!"

"你……你……"老编辑又急又气又好笑。

"扑哧"一声，一直冷眼看着老张的女的笑了，茶水差点儿喷了出来，"这么会过日子的男人哪里找啊？"

最终，女的相中了老张会过日子，很快两个人就结婚了。婚后，老张脸上经常青一块紫一块，据说是女的比老张还会过日子，常常因一些生活小事和老张动武。

会过日子的老张喜欢加班加点，主动编版写稿，颇受总编欣赏，几年后被提拔为编辑部主任。当了编辑部主任的老张亲力亲为，编版面，写文章。编辑、记者明里说主任是模范表率，暗里骂他抢饭碗争稿费——报社按编版数量和文章字数计版面费和稿酬。老张眼睛一瞪："主任？也是编辑！编辑不编版，不写稿，武功就废了！"

常练武功的老张国庆前写了一篇2000多字的评论，上报纸清样占了将近三分之一版。副总编审签版面时要求把评论压缩至1000字。

拿到副总编退回的报纸清样，老张牙痛了半天，嘀咕了半天。

"张主任，文章压好了吗？"编辑急着送签版面好下班。

"压压压，这么好的文章怎么压？"老张气鼓鼓的。

"可是——"编辑欲言又止。

"可是什么？"老张倏地站起来，拿起报纸清样，直奔总编办公室。

十几分钟后，老张拿着报纸清样垂头丧气地出来——总编支持副总编的意见，说文章要短而精，要求压缩长文，增加篇数，丰富内容。

老张拿着笔就像握着刀，怎么也下不了手。实在交不了差，他咬咬牙，删了评论稿几小段文字。

"送审吧!"看着被删除的段落,就像看着被遗弃的孩子,老张百般不舍,极不情愿地喊来编辑把修改后的报纸清样送副总编审签。

改后付印! 副总编大段大段删除评论稿后在报纸清样上签字。

"白熬了一个晚上!"看到副总编又删除了几大段,老张眼睛睁得大大的,圆乎乎的脑袋涨得酱红酱红的,"600元稿费被删了一半!"

"五一"报社出专刊,编辑部忙碌了好几天,周六大家本想着休息,老张突然宣布全体加班,大家都有怨言。为安抚大家,老张一上班就说,大家辛苦,中午报社请吃饭。临到中午,老张催促大家收工出去吃饭。

"去哪吃啊? 张主任!"都知道老张会过日子,大家对老张主持的饭局没多少热情。

"楼下大友快餐!"老张笑笑,"都歇歇,下去吃饭了!"

"快餐? 叫送上楼吧!"

"拜托,主任,我的版还没编完,不下去!"

听说吃快餐,很多人懒得动。

"集体行动,一个不落!"见有人挑战自己的权威,老张圆睁双眼,撑起额头上"三"字形的酱色皱纹,非要大家下去吃快餐。

十几个人无精打采下楼吃快餐。有人草草吃完很快走人,老张却吃得津津有味,最后一个走。有人发现,走在最后的老张不忘拿着快餐店的用餐卡让收银员盖小印。

难怪老张吃快餐这么积极,大家恍然大悟:报社中午不提供午餐,大家四处吃快餐,老张定点在大友快餐店——该店为留住客,规定凡是在该店买一份快餐可在用餐卡上盖一小印,凑够十个小印送一碗汤!

十几个人,十几份快餐——换一碗汤呢!

第二天中午,顶着圆圆肉乎乎的脑袋、架着一副圆圆黑框大眼镜的老张早早来到大友快餐店,点了快餐要了一碗红萝卜猪骨汤,吃得十分惬意。

吃完快餐,老张回报社和往常一样忙于编版写稿,兢兢业业。

夜 半 巨 响

多年来,鱼排边半夜里巨大的声响一直萦绕在老石的耳边。那声音像木桩从高处掉落砸在水里的声音,像人从高空坠落草地的闷响声,像鱼雷在水里的爆破声……

老石原先在海边养鱼。老石养鱼的地方有一座跨海大桥,老石就在多年前的那个半夜里听到的那声巨大声响。

老石清楚地记得,那天晚上风很大,半夜巡完鱼排,老石进工棚里就着花生米喝了大半杯米酒,喝完正准备睡觉时,巨大的声响就来了。

慌慌张张打着手电走出工棚,老石看到了头顶上几十米高的大桥边停着一辆白色面包车,惨白的路灯下,一个剪着平头的胖子靠着桥边护栏,正朝桥下鱼排里张望。一看到鱼排边的手电光,平头胖子立马闪进车里。车随即一溜烟开走了。

"搞什么鬼?"老石嘀咕了一声,朝刚才炸响的地方走去。

鱼排里,几条鱼被砸死了,浮在水面上。砸死鱼的"罪魁祸首"半浮半沉在鱼排水面,看不清是什么东西。

找来鱼钩,把手电含在嘴里,老石用力钩水里的东西,像是一堆破衣服,却死沉死沉的。

"扔的什么东西呀?"老石一肚子不满,又叫不出声,只好使劲钩水里的东西。

"啊——"水里的东西浮出水面,老石惊叫着扔了鱼钩,手电筒掉进了水里。

漂在水面上的手电筒,一沉一浮一隐一现,照见了鱼排里的一具死尸!

警察来后老石不敢再看一眼死尸,警察也未能从惊魂未定的老石嘴里得到任何有用的线索——老石说他正准备睡觉,突然听到一声巨响出门就发现了这具死尸。其他的,他什么也记不住,什么也没看清。

老石却牢牢地记住了那声巨响。那声巨响也改变了老石的生活。鱼排里发现死尸,不吉利,老石没多久就转让了承包多年的鱼排。

警察后来又找过老石几次。警察告诉老石这是一起杀人抛尸案,影响非常恶劣。

老石每回见警察,又唤起记忆里的那声巨响,每回问话都惊魂未定,都提供不了什么有用的线索。

几次问话后,警察再也没来找老石了。当然,抛尸案因为线索不足,慢慢地挂了起来。

案子虽是挂了起来,那巨大的声响却没有因此消失,那挥之不去的半夜巨响,常常让老石半夜惊醒。半夜醒来的老石,又常常半宿半宿睡不着,一个人在黑漆漆的屋子里坐到天亮,第二天留下一地的烟屁股——这几乎成了老石生活的新常态。

"他爹,去看看医生吧!"半夜里,看多了老石脸上烟火一明一暗一闪一烁的老伴劝老石。

"嗯。嗯。"老石每回应后就没了下文。

那天晚上,老石又梦到多年前的鱼排。梦里的老石正在往鱼排里给鱼投食,一群鱼浮上来抢吃。这时,一条大鱼打了个挺,把其他鱼赶走了,鱼食自个儿全吃了……大鱼边吃边长,很快长成了巨鱼。巨鱼又奇怪地长出了四肢,头也变成了一个年轻人的脸。这人脸乍一看,老石觉得面熟,又不记得在哪见过。正纳闷着,巨鱼变成了人。变成人的巨鱼突然从鱼排一跃而上,嘴巴牢牢咬住老石的鼻子。

老石吓出一身汗,醒了。

第二天,老石告诉老伴,想去早年养鱼的地方走走。

物是人非。十年了,鱼排已换了三任主人,新人不认得眼前的旧主,更不知道鱼排曾经发生并困扰了老石十年的夜半巨响。

得知老石是鱼排的旧主,鱼排的主人和阳光一样热情,陪着老石在鱼排四周说说,转转,看看。

鱼排如故,只是养的鱼品种不一样罢了。老石走到发生半夜巨响的鱼排边,热情的太阳照着粼粼水波,一闪一闪,晃人眼。晃着晃着,老石又看到了鱼排里的死尸。死尸一会儿晃成老石梦里见过的巨鱼。巨鱼又变成了人,人从水里一跃而上。

"啊——"老石惊叫了一声。

伴着老石的惊叫,老石扑通一声掉进了鱼排里。

"没事吧?"鱼排主人急忙把老石拉出水。

"没事。没事。"嘴里说着没事,炎炎烈日下,老石却冷得直哆嗦。

从鱼排回家,老石当晚不再做梦——老石根本没合上眼。老石眼里一直有个巨鱼变成的人在闪,耳朵里一直回响着十年前的那声夜半巨响。

第二天,老石病了。

"他爹,托人把小卓找回来吧!"老伴看着病得不轻的老石说。

小卓是老石的独生子,打小就被老婆宠着。长大了,儿子变成了游手好闲的混混。十年来,小卓和老石大吵过三次。第一次是十年前,夜半巨响发生过后不久。那次吵完,小卓一走三年,直到三年后在外面不知干了什么混事,回家躲了一段时间,和老石吵了第二次后又走。这一走,又是三年。实在记挂,老石在老伴的哀求下,到处托人找小卓。小卓没找着,追债的却给老石家门上喷了大红字。等不来小卓,追债人把老石家里能带走的东西都带走了,能砸的都砸坏了。就在老石两口子凄惶不安的时候,小卓在一天晚上潜回来了。父子相见,又一次互怼。没多久,小卓在家待不住又走了。这次走后,小卓再也没回来过。

"找,找回来。"病床上的老石呆呆地望着白色的天花板,足足有一刻钟,然后眼含着泪花说。

"那我拿这张照片去托人找?"老伴手里拿着小卓十年前的一张全身照,对老石说。

照片上,剪着小平头的胖大个子小卓,眯缝着一对小眼睛,一脸坏笑。

老石眼里的泪花顿时变成了断线的珠子。

"他爹,只有这张照片了。"看着老石伤心,老伴忍不住掉泪。

"去吧,去找吧!"老石摇了摇头,长长叹了口气。

老伴拿着相片出门托人寻找儿子小卓。老伴走后没多久,老石和一个人通了电话后,脱下病服,换上自家的衣服,走出医院。

正午的阳光很灿烂,阳光照得沥青路面升腾起袅袅青烟,阳光也把路面照成了墨蓝色的海面——以往只要眼里有海的画面,老石一定会看到巨鱼变成的人。这天中午,老石没看到巨鱼,也没看到巨鱼变成的人。

老石大步朝一个地方走去,那个地方,十年前老石去过很多次——公安局。接他电话的人,十年前多次找老石了解情况的夏警官现在已成了夏队长,他正在办公室等老石。

从公安局回来,老石的病居然好了。老伴托人找不到的儿子小卓很快被警察找到了——儿子涉嫌十年前的一宗杀人抛尸案,被捕了。

长 腿 的 树

村是古村,树是古树。村里谁也说不清楚,是先有村庄,还是先有古树,就像世上是先有鸡还是先有蛋一样。在村人的心目中,村就是树,树就是村,就像人们吃饭的碗和筷,写字的纸和笔一样。

古老的村庄日益苍老,古树却葳蕤如故——高大挺拔,枝繁叶茂,遮天蔽日。

如黄花般凋零的古村让人揪心。

在如何焕发古村的青春与活力议题上,有的村人盯上了古树。

卖还是不卖,这是村人开始争论的焦点。

"树是村里的根，是村人的魂。"一方坚决不同意。

"卖了树，修校舍，拉路灯，小孩读书有地方，老人走夜路不摔跤。"主卖的一方就一个字：穷。穷则思变。

谁家没小孩读书？谁家老人不走夜路？卖树办正经事，理由再正当不过，支持者越来越多。最终，古树被同意卖掉。

卖树前，村人依依不舍，纷纷用各种形式与古树告别。

还是小孩的李，为此哭了几场。

李对古树太有感情了：古树矗立在李家屋后，笔直笔直的树干，从李家后窗望去，古树就像一个高大威严的卫兵，伫立着，一年四季，毫不懈怠，守护着李家，守护着村庄。

春天，光秃秃的树干长出嫩绿的叶子，叶子渐渐长大，由嫩绿变成深绿，夏天就到了。经过炎热的夏天，在萧瑟的秋风吹拂下，深绿的叶子开始病了一样，一天天变黄，先是鹅黄，后浅黄，终成金黄。等到金黄的叶子满天飞舞，树下厚厚的金叶子被扫走时，李知道，再没人到古树身边了，陪伴古树的，只有李一个人了。

李是一年四季都和古树在一起的人。李说什么也不愿意古树被卖掉，可是古树就要被卖掉了。

李天天守着古树。

定好卖树的日子，村人早早起来焚香祈祷。李一早也急急忙忙出门去守护古树——李想了一个晚上，想怎么样才能守住古树，想着想着就睡着了。一觉起来，天已大亮了。

天哪！古树不见了，只留下一个大大的坑和被锯下的枝枝叶叶，在那里与李和村人告别。

听说，买树的担心村人反悔，头天夜里，出动了机械设备，连夜把古树挖走了。

李哭得天昏地暗。

多少年,李无法原谅自己当晚的失职,怎么就睡着了,没能守住古树。

树既然被卖了,村人争论的第二个问题便是,古树过得怎么样?

那是一株有生命的古树,它一定在另一个地方幸福地生活着。这是一方的观点。

"人挪活,树挪死。我那可怜的古树。"另一方看着被锯下的日渐枯萎的枝叶,无比伤痛。

想到古树死了,李又哭了,哭得地动山摇。

"你喊冤啊,死一棵树至于吗?"恶人嘲笑道。主张卖树的,在李心里都是恶人。

李止住了哭,恶狠狠地瞪着恶人。突然,李伸出右手,朝恶人胸中捅过去——那一瞬间,李就像手里握住了一把杀人于无形的刀。

李手里没刀,被恶人轻轻一拉,摔了个狗啃屎,半天站不起来,恶人却哈哈笑着走了。

手里没刀的李要到学校——用卖古树的钱复办了的学校里学习,用老师的话说就是,用知识武装自己,那样才能站起来。

李一直没有杀人于无形的刀,却用知识这块敲门砖,铺就了进城里读大学的路。

在城里,李看到了一批批从山里挖来的大树,种在公园里,种在大街上,种在无数正在开发的楼盘中。有了大树,城市一天天厚重起来,也一天天青翠起来。

李怀疑起在村里听得耳朵起茧,用老人的话讲是"可用纸包"的那句老话——人挪活,树挪死。

人挪活,树也挪活啊!

苍天保佑我的古树还活着！李在心里祈祷。

我的古树一定还活着！李心里充满着希望。

希望就像校园里的小树苗，入学时还像小竹竿，离校时已长成参天大树。希望也伴随着李成长，进城时还是懵懂少年，若干年后就成了走出古村的杰出代表。

人走了，人活了。树挪了，树活了。古村却走不了，老态龙钟了——明亮的路灯和琅琅的校园书声，终是止不住古村的苍老和凋零的步子；纯真古朴的生活和山清水秀的生态也留不住对繁华都市渴望的村人的脚步。

无可奈何花落去。古村越发凋敝和衰败。古村人除了揪心还是揪心。

突然有一天清晨，村人惊讶地发现，早年被卖掉的那株古树居然自己长了腿回来了——就像当年被卖掉一样，半夜悄无声息地回来了，还是坐落在原来的位置，还是和先前一样，树干高大挺拔，枝繁叶茂，树冠遮天蔽日。

这树怎么突然回来了？这成了村人争论的第三个问题。

这回，谁也争不出个所以然，只能猜测。

有的猜，当年买树的人良心发现，退回来了。

又有的猜测，这古树是神树，岂能随便卖？买树的人驾驭不了，神树自己就回来了。

⋯⋯⋯⋯⋯⋯

正当大家争论不休之际，村东头一夜间又多了一株老树。

人们惊奇地发现，这株老树虽然比前些日子回来的古树小一圈，却几乎长得一模一样，那高大挺拔的树干，那遮天蔽日的树冠，那繁茂的枝枝叶叶，就连回来的形式也一模一样，都是半夜悄无声息地回来。

人们惊掉了下巴。

古树成神了，神树带着子孙后代回来了，村里老人逢人便讲。

当第三株一模一样的老树在夜里神奇般地长在村小学门口时，村人彻底信了：成了神的古树带着子孙后代回来啦！

老人们沐浴更衣，翻箱倒柜找出新衣服穿上，举着点燃的高香，到最先回来的古树前跪拜。那虔诚，足以令天地动容。

神树回村的神奇故事一传十，十传百，很快传遍了大江南北。闻者皆叹，来古村膜拜神树者络绎不绝。

一时间，古村古树名闻天下。

古村名正盛时，走出了古村的杰出代表李闻讯也回来了。回来的李凭借着古村旺盛的人气，成立了古村旅游公司，修旧如旧，把古村打造成旅游景点。

好风凭借力，古村旅游公司兴旺发达。

凋零的古村生机盎然。

古树逢春，葳葳蕤蕤。

一 指 神 禅

偌大的礼堂，灯火通明，黑压压坐满了人。礼堂外，明晃晃的阳光早消失，已然黑漆漆一片，一个人也没有。

台上领导做报告正酣，年轻的女服务员进进出出，给领导倒了无数次茶水。

领导有一标志性动作，举凡讲话讲到兴奋处，便举起右手，握紧拳头,伸出食指,垂直朝天指,四十五度角朝下点。领导的一指一点,干净利落,力达千钧。领导的一指一点,被称为一指禅。

就在领导侃侃而谈,一指禅不停地指指点点之际,突然,台下靠边位置一个人从座椅上滑落,就像一件衣服一样轻轻地从沙发座位上滑下,悄无声息地直挺挺躺在地上。

礼堂顿时起了骚动。有人喊叫,有人跑动,有人打电话。

台上做报告正酣的领导见状,停止讲话,起身,不急不缓,迈着八字步,朝滑落者走去。

"别动,我来。"看着直挺挺的滑落者,领导叫住七手八脚正在忙乱的人。

大家停止了忙乱。

只见领导撸了撸袖子,先是右手握拳,继而伸出食指对着滑落者的人中点去。

"我这一指禅按下去,能救就得救,不能救就没命了。"领导右手食指紧紧按着滑落者的人中,气定神闲。

众皆屏声静气。

"我告诉大家,我这一指禅,十分了得,救过很多人呢!"领导救人不忘做报告。

领导的右手食指还按着滑落者的人中,"呜呜"鸣叫的救护车已经到了礼堂门口。

滑落者被神色匆匆、动作敏捷的医生迅速抬上救护车,拉走了。

领导走回台上,喝了口茶,继续做报告。

礼堂外,天上的星星都眨巴眨巴出来活动后,领导才意犹未尽地停止做报告,宣布散会。

走出礼堂,领导正想问过来拎包的秘书,滑落者如何了。一个人匆匆跑来报告："领导，没事了！没事了！"

"我就说嘛，我的一指禅十分了得！"领导得意地说。说完，他哈哈大笑。那笑声穿墙透瓦，全然不像连续讲了六个钟头话的人。

"百闻不如一见，果真了得！"领导身边一干人也笑，笑完全都竖起大拇指点赞。

领导的一指禅了不了得，滑落者最有发言权。

滑落者是一个乡镇的副镇长，小小芝麻官一个，若不是领导召开这么大规模的千人大会，滑落者就是扛把梯子爬上去，也望不到领导，更没资格坐在礼堂里亲自聆听领导做报告。

滑落者醒来后逢人便讲，领导的一指神禅果真了得！在直挺挺躺在地上，意识尚不清醒之际，他只感觉有股暖流在人中生成，然后顺着鼻腔、口腔缓缓地缓缓地流向全身。顷刻间，他就醒了——尽管还说不出话，但意识已经清醒的他看到领导的一指禅正紧紧按着他的人中……

"领导的一指禅是神禅啊！"滑落者言之凿凿。

听者神情各异。

"领导可是我的救命恩人哪！"滑落者再说起领导，感激涕零，信誓旦旦，"我再怎么努力工作，也报答不了领导的救命之恩！"

滑落者发誓，是领导给了他第二次生命，此生唯有鞠躬尽瘁，死而后已。

滑落者感激涕零之类的话七转八拐，添油加醋传到了领导的耳朵里。

领导伸了伸右手食指，仔仔细细端详了一番，不经意地笑了。

领导笑后没多久，滑落者成了市里表彰的优秀人民公仆，被提拔重用，当上了镇长。

当年 11 月底,拎包的秘书递给领导一封信,不用说,你也猜到了这封信是谁写来的。信里写满了感恩的话:"……虽然我不是基督徒,但我还是要在感恩节这一天,给您写信,诉说我的感恩之情……"信也写满了革命的激情:"……尽管青春不再,唯将余生献乡镇,敢叫农村换新颜……"

"小李,你怎么看?"领导问拎包的秘书。

"这……"拎包的秘书望了一眼眯眯笑着,永远也看不透眼神的领导,忐忑不安。

领导望着口不择言的拎包秘书,又不经意地笑了笑。

第二年开春,领导深入基层,到了一边远山区小镇调研。

滑落者就在小镇里当镇长。

领导调研过后,用民间的话说,滑落者坐上了直升机,先是很快当上了镇委书记,不久又被破格提拔成了副县级,两年后成了县长。

当了县长的滑落者再也不是"扛梯望不见领导了",直接汇报的机会多了。每回接受领导的指示,滑落者执行起来异常坚决,干活也特别起劲。他常说:"命都是领导救的,还在乎这点儿劲?"

县里在滑落者县长的带领下,虽有掣肘,却也忠实执行市里特别是领导的决策:拆旧建新,基础建设如火如荼;筑巢引凤,经济发展蒸蒸日上。

滑落者所在县是领导的联系点。领导自然来得频繁,关心也多。那日,领导又到县里调研,领导十分关注的规模巨大的"三旧"改造项目正好动工兴建。领导高兴,晚上多喝了几杯。

滑落者县长每回和领导吃饭喝酒,必讲领导的一指禅,这晚也不例外。

"小陈啊,我这一指禅可不仅能救命哦!"领导着实高兴,习惯性地举起右手,伸出食指。

"对,对,对。领导的一指禅,还有点石成金的神功!"滑落者反应迅速,赶紧给领导倒上酒,给领导敬酒,"感谢领导把我这块顽石都快点成金子啦!"

"哈哈哈!"领导大笑。酒后领导的笑,更肆意,更具穿透力。

一桌人跟着笑。

领导的一指禅很快把滑落者县长点成了县委书记。

当了一把手的滑落者,没有了掣肘,干起来更加顺风顺水。

都说世道无常。铁打的官场流水的官,官场也是如此无常。

正当滑落者书记在领导的大力支持下,大干快干,大展宏图之际,拥有既能救命,又能点石成金的一指禅的领导调走了。领导调走没多久,又被立案调查了。

听说领导出事的那天晚上,滑落者将自己一个人关在书房里,呆呆地坐了一个晚上。书房里,滑落者面前有一根粗大的金手指。灯光下,金光闪闪,闪得滑落者心猿意马。

金手指的底座是遒劲的"一指神禅"四个字。

是神就得拜!滑落者轻轻叹了口气,站起来,走到窗边,拉开书房的窗帘。

天亮了,是个阴天,太阳不会出来。

没有阳光,灯光下的金手指依然金光闪闪。

被金光又闪了一下的滑落者突然气急败坏地把桌上的那根粗大的金手指狠狠地朝地上砸去——砸在地上的金手指宛如当初自己忽然在礼堂滑落下去一样,直挺挺地躺在地上。

金手指砸地的声音,惊醒了滑落者一家人。

栩栩如生的金手指被砸变了形。金手指底座的"一指神禅"四个字却毫发无损,熠熠生辉。

猫 鼠 斗

道高一尺,魔高一丈。城管和"走鬼"①就像猫和老鼠,永远在斗智斗勇。

新上任的城管队长面对城市"走鬼"猖獗,城管不敢不能管理,县里群情激愤的境况,乔装打扮,单枪匹马,打入摆地摊的小商小贩中。

摸清了城市"走鬼"状况后,新队长向县里争取城管大队扩编增人,以应付日益复杂的城市管理。

一听城管队招人,很多人托关系走后门找新队长要进来。

"第一,我们参照警队招收辅管人员。第二,我们只招曾经的'走鬼'。"新队长一个关系户也没要,声称好钢要用到刀刃上,不能浪费了辛辛苦苦争取来的辅管指标。

城管队要收编"走鬼"的消息在"走鬼"中炸开了锅,很多"走鬼"惊叹:真是皇帝轮流做,今年到我家!

在辅管招录现场,"走正路,当辅管"的大红标语格外引人注目。工作人员一遍又一遍向"走鬼"们解释,这次招录的辅管人员,全部在小商小贩中产生,录用后待遇与正式城管一样。

一些"走鬼"将信将疑报了名,更多的人在观望。

"城市是我家,管理靠大家。我们诚恳地邀请小商小贩参与

---

① 走鬼:粤语中流动小贩的代名词。

城市管理!"队长看了第一天的报名名单后,决定延长招录报名时间,并亲自到第二天的招录现场去宣传。

新队长的真诚引得大批"走鬼"踊跃报名,当他看到了几个熟悉的名字也在报名表上时,露出了会心的笑容。报名结束后,新队长当即召开队务会,研究辅警人选——说是研究,其实新队长对人选早早有数了:城东的赵雷、城西的钱丁、城南的孙东、城北的李京和城郊的张哈五个人。

副手们听到这五个人选后,都沉默了。

"大家发表发表意见嘛!"新队长笑笑。

"城东的赵雷,太剽悍,动不动喊打喊杀。城管队几次在城东执法,都是他带队抗法。上回想抓扣他,不仅没抓扣成,我们城管人员还被城东的'走鬼'们团团围住了,差点儿出了大事!"副队长付建国还有两年就退休,他顾不了那么多,第一个发表不同意见,"城东的'走鬼'没办法管理,就是这个赵雷在搞鬼。这就好比叫一个杀人犯去管监狱,我看不妥!"

新队长还是笑笑,示意大家继续讨论。

"城西的钱丁,和城东的赵雷一样的角色,带头乱摆乱卖,带头抗法!"

"城南的孙东,是'走鬼'中的一霸,多年来尾大不掉,我们对其无可奈何!"

⋯⋯⋯⋯⋯⋯

这五个人都是一丘之貉,抗法事件罄竹难书。大家异口同声,让这五个人当辅管不合适!

"这五个人,都雄踞一方,有能力,有胆量,敢冲敢杀,他们如今都想走正路,当辅管,这是好事啊!"新队长仍然笑笑,"一般的'走鬼',我们还看不上呢!"

"可让这五个人来当辅管,太冒险!"本来就不支持新队长在'走鬼'中招募辅管的一位副手心有不甘。

"我们姑且走一步以毒攻毒的险棋吧!"新队长笑着力排众议。

赵雷五人最终洗脚上田,穿上城管服,开着城管车,由鼠变成了猫。

新队长的这一招以"走鬼"治"走鬼"还真厉害。自赵雷他们当上辅管后,城东、城西、城南、城北和城郊尽管"走鬼"还在,却今非昔比了:从前,有带头大哥在,你城管来了,"走鬼"们视而不见,城管人员要是敢没收'走鬼'的东西,带头大哥一呼百应,'走鬼'们必定把城管团团围住,你想走都走不了;现在,'走鬼'们没了带头大哥,四分五裂了,远远看到城管人员来了,立马收拾东西作鸟兽散。

暴力抗法不见了,城管权威慢慢树立起来了,城市管理一天天好了。先前很多反对招募这五个辅管的副手佩服起了新队长的力排众议——真理总是掌握在少数人手中嘛!

再说这五个辅管,从"走鬼"变成管"走鬼"的,人模人样了,管起"走鬼"来,也是招数多多。他们对昔日同伴软硬兼施:"兄弟我当城管了,别为难我!""我放过你,谁放过我啊!"面对昔日同伴,这五个人毫不留情,该没收没收,该处罚处罚,惹得昔日同伴恨得咬牙切齿。

这本是个皆大欢喜的结局。可是——

五个人清汤寡水的辅管日子当了一段时间后,慢慢地原来城管队副手们担心的问题出现了。每次出勤,只要没被盯紧,他们的手脚就不干净:该往口袋里塞的往口袋里塞,该往家里顺的往家里顺。再到后来,有些机灵的"走鬼"学着他们当年的样子,给他们塞钱。收人钱财,替人消灾,拿了好处,自然对某些人睁只眼闭只眼,追赶他们,就像猫玩老鼠,"走鬼"在前面跑,辅管在后面追,最后总是腿软,眼睁睁地看着"走鬼"跑掉!

城东的赵雷收受"走鬼"的钱放走"走鬼"被抓现行后,新队长很大度,不仅没批评赵雷,反而安慰他们每天在外执法辛苦了:"追'走鬼',安全第一,穷寇莫追!"

新队长的放任在城管队内被说成"护犊子",也间接地让五名辅管胆子越来越大,手越伸越长,执起法来态度越来越迥异:对孝敬他们的少数"走鬼",睁只眼闭只眼甚至公开放任;对那些"目中无人"者,凶神恶煞,穷追猛打!

"该收网了!"新队长到任一年后,他喊来了局纪检组组长和监察室主任,笑着吩咐,"还有,别忘了告诉你们的老队长,道高一尺,魔高一丈,这仇我替他报了!"

五个辅管同时被抓走。得知五个辅管被抓,"走鬼"们拍手称快!

抓了辅管,城管和"走鬼"仍然像猫和老鼠,在斗智斗勇。

江 湖 传 话

"出门了吗?"

"没呢,快了!"

"怎么了? 情绪不对,又挨批了?"

"你懂的。"

全民微阅读系列

是的，我懂的。我长叹了一口气，为兄弟整天处在水深火热中。

兄弟毕业于名校，和我同时进的单位，又分在同一部门。那时意气风发、踌躇满志的我俩，遇到了一个用我的话讲是"无才无能，无品无德，无羞无耻"，每天不是抱怨就是责怪我们的"六无"主任。

为应对"六无"主任，我俩越走越近，最终结成兄弟——那真是患难中结下的革命情谊。工作中，我们互相提醒，互相支持，互相掩护，互相隐瞒……我们和"六无"主任，就像猫和老鼠一样，每一天在斗争中忐忑地过。

后来一件原本是鸡毛蒜皮的事，"六无"主任说我是刺头，无休无止地数落了我大半个钟头，把陈芝麻烂谷子的事又翻出来一粒一粒地炒，直把年轻气盛的我炒煳炒焦——我当面和"六无"主任拍桌子，并指着他鼻子骂出我们暗地里说过的无数次的"六无"，并且加上了"小人"两字。

"六无"主任万万没料到，平日里十分温顺的绵羊大学生，逼急了也会像老虎一样张开血盆大口，愣住了。我却没止住，直接跑到大领导的办公室，告诉大领导，因为我们的"六无"主任，我正式辞职。

因我辞职，"六无"主任被大领导严厉批了一顿。后来，听兄弟讲，"六无"主任对大家好了很多。

兄弟做人坦荡，有才有智，能说能干，能屈能伸，当年在单位比我宽容，经常开导我。我辞职后，有一次说起"六无"主任，兄弟居然说"六无"主任改变了很多。

可我坚信，江山易改，本性难移。"六无"主任若能改，老母猪都会上树。虽是这样，但每次看到兄弟时，他不再像先前一样郁闷不已了。但愿"六无"主任真能改！

兄弟赶到饭店时，我们一桌人都齐了。

"抱歉！抱歉！塞车，晚到了。"兄弟和桌上认识的不认识的道了声"不好意思"，才落座。

我离开单位后日子混得还不错，经常招呼一班朋友在一起聚聚，我喜欢新朋旧友，尽在一杯酒。

我给兄弟介绍新朋友，把兄弟介绍给朋友们："这是我共患难的兄弟。"

患难兄弟在一起，我的话题离不开"六无"主任——多少次，我和朋友们说："我能有今天全拜'六无'主任所赐，我对'六无'主任，早已释怀。"

可我怎能释怀得了呢？

"其实，主任水平挺高的，能力挺强的。"兄弟见我说起"六无"主任，越说越起劲，插话打断我。兄弟举例说，上次旧城改造搞拆迁，要不是主任的政策水平高，及时调整拆迁方案、补偿办法，那片旧城改造是要出问题的。还有，要不是主任组织能力强，拆迁……

"兄弟，你是人在屋檐下，不得不低头啊，不说他了，喝酒喝酒。"我也打断兄弟的话。

因为兄弟的宽容，"六无"主任的话题到此为止，酒继续喝。

喜欢热闹，那次听说兄弟被提拔成了主任助理，我又召集了一些朋友喝酒，热闹热闹一下。

人在江湖，自然朋友多，饭桌上我又给兄弟介绍新朋友。

酒席进入高潮，我让服务员换了两个小壶："兄弟，我们整杯大的。"

兄弟其实不善饮，但那天兄弟高兴，和我一饮而尽。

"兄弟,在'六无'手下干活,不容易啊!"我动情地说。

"都不容易。其实,主任人前冷漠心却暖,挺关心人的。"兄弟又举例,有一回,主任把副主任劈头盖脸批了一顿,批完了又急急忙忙找人,求爷爷告奶奶,帮助副主任解决小孩上学问题……

"兄弟是该感恩的。"我笑着讥讽兄弟,"'六无'让你熬出头了。祝贺!祝贺!"

酒喝出了异样的感觉。

那天,好不容易弄了一斤宋种单枞茶——这茶采摘自长在海拔1150米的凤凰山上一株南宋末年传下的老树。这树的茶产量很低,品相极好,价格昂贵。

好茶要和懂茶的朋友一起品尝。好久没和兄弟在一起,我记得兄弟好茶,便约了兄弟和几个懂茶的朋友相聚品茗。

茶清香,茶师优雅。注水,悬壶高冲;刮沫,春风拂面;运壶,游山玩水;斟茶,关公巡城;茶斟尽,韩信点兵……

新朋老友品香审韵,皆惊叹好茶!

"某某某也喜欢茶。"席间,有人提起"六无"主任。

"他曾是我们的'六无'主任,现在还是我这位兄弟的主任。"我把兄弟介绍给朋友。

何谓"六无"?朋友很感兴趣。

"无才无能,无品无德,无羞无耻。"我笑着答。

原来如此,众皆大笑。

"其实,主任是个敢担当、讲公道之人。"兄弟再举一例,某年某月某日,主任做了某事帮助某人……

兄弟讲完,众皆不语。

"不说他了,我早放下了。"我招呼大家喝茶。

茶室里,茶香满庭,笑声充盈。

兄弟咋啦？品茶过后，我一直纳闷，这还是当年我认识的兄弟吗？还是"六无"主任真的变好了？

道不同不相为谋，因为忙，更因为没有了共同的话题，很长一段时间没和兄弟在一起。一天，兄弟突然打电话给我，说请我吃饭。

如约而至，兄弟早就候着了。

"就你我二人？"我疑惑。

"就我俩。"兄弟笑答。

想起来好多年没和兄弟这样单独小聚了。

酒是好酒，茶是好茶。不说"六无"主任，没话题，兄弟俩就有点儿生分了。

"兄弟过得还好？"

"还好，忘了告诉你，我被提为副主任了。"

"好事啊。哥敬你！"我倒了两杯酒。

看来"六无"主任对兄弟还不错。

"'六无'他……"

"就兄弟俩在，不提他了。喝酒。"兄弟一饮而尽。

很快一瓶酒见底，兄弟不胜酒量，却坚持要再开一瓶酒。

"'六无'……"我还是忍不住问。

"'六无'还是那个样子！"兄弟又一饮而尽。

"你不是每次都说他好吗？怎么了？"我更疑惑了。

"哥啊，每次都有新朋友在。我说他好话，就是希望餐桌上的江湖朋友，有人能把我对他的好评传给他……"兄弟看出了我的疑惑，解释道。

原来如此，我也一饮而尽。

"不过，这一招还挺管用。"兄弟狡黠地笑。笑完，他端起酒杯,又一饮而尽。

兄弟醉了,醉得一塌糊涂。

程 序 李

在我们单位,有的能写——把一篇总结报告写得花团锦簇,把一份领导讲话稿写得绘声绘色;有的会说——把上级会议精神传达得像录音机一样精准,把心中窝气憋气的老百姓说得心花怒放;有的善干——把该干的事干漂亮,把原本不能办的事干成;有的勤走——一个月走访下属单位数十个,一天朋友圈步数不少于两万步……用我们头儿的话说,单位人虽不多,却个个都是一本书,丰富、精彩、耐读。

小李既不能写不会说,也不善干不勤走。在单位众多本书里,小李有自知之明,自诩自己连一页纸还不够,如果硬要说一本书的话,那肯定是薄之又薄,封面设计不夺人眼球,书名不起眼,放在书架上永远没人留意的这类。

正因为如此,小李在单位始终引不起头儿的注意,直到有一次,头儿把小李叫到办公室,告诉他,单位要提拔一个人。"赶紧拟个方案,尽量简化,尽快到位。"

领了任务,小李很快就把方案报给头儿。

"叫你简化,你怎么还整得这么复杂?"头儿瞄了一眼方案,有点儿不高兴。

"头儿,已尽量简化了,按干部任免条例要求,这几个程序是免不了的。"小李看着头儿，诚恳地说。

"动议、个人事项审核、谈话推荐这几个步骤，我看就免了。明天下午直接会议推荐，然后考察上会，下周人选到位。"头儿不喜欢繁文缛节——不就提拔个人嘛，人选成熟了，还搞得这么复杂？

"头儿，这样不行！程序不走足，提拔是无效的！"小李认真地说。

"程序！程序！"头儿把方案重重朝桌上一扔，很不高兴。当然，头儿不高兴，不仅因为程序，更因为小李——一个小年轻，让你办个事讲这么多虚头巴脑的，一看就不是一条心的人。

小李看了看头儿，没再说话。

头儿却感觉到了小李看自己时，眼里的那种不服气。头儿更不高兴了，拿起笔一画，把方案前面大部分全部画掉。

"头儿，这样不行！"小李虽说得很小声，却清清楚楚。

头儿瞪了一眼小李，挥了挥手："去吧！"

小李只好拿起方案，走出办公室。

"赶紧修改后报！"头儿对着走出办公室的小李背影嚷了一句。

几分钟修改的事，大半天了，小李还没把新方案报给头儿。直到中午临近下班，小李才走进头儿的办公室。

"头儿，我还是觉得，该有的程序不能简化。"小李把修改后的方案呈给头儿。

头儿瞄了瞄方案——居然没改！头儿瞪了一眼小李，只说了句"放着吧"，便不再理小李。

小李放下方案退了出来。

头儿厌恶地看着小李走出办公室，脸色铁青，拿起电话喊了小张过来。小张迅速赶到头儿的办公室，头儿如此这般交代一番，小张愉快地走了。下午一上班，小张又回来了，不仅有简化的干部考察方案，还带来了第二天下午召开干部推荐会议的通知。

该提的干部按头儿的意图，很快到位，却在半年后上级对单位的巡查中，被查出违反干部提拔任用程序——不仅提拔无效，上级还追究相关人员的责任。头儿为此背了个党纪处分。

头儿之所以成为头儿，就在于他的与时俱进和宰相肚。经历了巡查后，头儿吸取经验教训，重视起单位里的一个人——小李，还记住了两个字——程序。

头儿用小李的程序来整改巡查反馈的问题，获得上级的肯定。以巡查为契机，头儿在单位里凡事讲程序："程序走了吗？"如果答不出来或答未走足，头儿一定不签字。头儿常说："讲程序，守规矩，是正道。"

头儿重视，小李的程序意识越来越强。当然了，讲程序守规矩了，单位里风清气正了，被上面树成了模范。

"小李，你就专司程序监督工作。"尝到甜头的头儿索性让小李专门负责单位各项工作的程序监管，"看看哪件事不按程序办，哪个人不按规矩做。"

有了"尚方宝剑"，小李抓程序监管，到点到位：办文办会，必须按程序一级一级审批；重大资金使用、大型设备采购必须按程序办……哪个环节的程序有问题，对不起，通不过。

有了头儿的器重，小李慢慢成了李科长，后来又成了副头儿，若干年后也成了头儿。

是程序成就了小李，当了头儿的小李自然对程序不敢懈怠——办文办会办事，用钱用物用人，无不程序优先。

"程序是什么？程序就是工作步骤，就像人走路，你必须一步步来,只能迈出第一步才能迈出第二步,天才也不能一脚迈十步。

"我们单位的发展,得益于讲程序、重规范。我认为,程序对一个单位有五大作用:其一是约束工作,提高效率;其二是衔接工作,减少成本;其三是监控行为,有迹可循;其四是规范动作,考核工作……

"无规矩不成方圆,无程序则乱规矩。"

小李接了头儿的班,单位继续成为市里的模范单位,在市里经验介绍会上,小李的报告赢得了众多掌声,也让他赢得"程序李"的美誉。

"程序李"用程序带出了市里一个红旗单位。

"干每一件事,只要程序走足了,就出不了大事。"到后来,"程序李"提拔干部、招标采购、检查工作、审批业务、管理资金等,只看程序。只要程序足,即放行;程序不足,一律打回头。

那年市里换届,"程序李"被组织纳入考核名单。组织部门通过深入考核后,作为副市长候选人的"程序李"不仅没当上副市长,反而被免去实职,"改非"了。

"我不贪不占,廉洁自律,一心为公,规矩办事,怎么会这样?""程序李"百思不解。

"你真不明白?"退休多年的头儿反问"程序李"。

"真闹不明白。""程序李"很懊丧。

"人家韩信成也萧何,败也萧何,你懂了吗?"

"程序李"一脸愕然,随即大汗淋漓。

全民微阅读系列

往西,往西!

如果有人问,什么东西最长?

他们会异口同声说:铁路。

他们看天空,天空被四周高高的大山圈成了脸盆样——天空再大也就脸盆大。看溪水,溪水从山上细细流下来后积成了小池,池里的水,夏天满盈,冬天干枯——溪水再长也不过数里路。唯有村前这铁路,看不到从哪里来,又要到哪里去。

铁路是前些年才修的,从北边穿过大山走进来。铁路在村庄前面分岔,一路穿山洞朝东,一路朝西。

因为分岔,铁路部门便在村庄里设了一个扳道岗。山外的人嫌这里太偏,没人愿意来。铁路部门便在村里挑选老实可靠、责任心又强的老刘,简单培训后当扳道员。

通过村庄的铁路是支线,过往车辆少,一天也就四列车,两列从北边来,经扳道员老刘扳道后一列朝东去,一列往西走。有来有往,另两列车自东向北,只是一列从东来,另一列从西来。

列车有固定的时间,老刘的工作清闲得发慌。他常说:"一天轻轻动四次手,闲坏了。"

在老刘的强烈要求下,铁路部门给老刘加派了活——在村庄里增设一个道班岗,让老刘既当扳道员又兼道班工。这样一来,老刘每天除了四次"轻轻"动手外,大部分时间拿着丁字镐和铲子,在铁路线上走走停停,一会儿敲敲铁轨上的枕木,看看压得实不实;一会儿踩踩路基的石粒,看看路基是否松动;一会儿又查查铁轨上的接合口，看看道钉在不在。

一趟趟在村人看来异常简单枯燥的铁路之旅，老刘却乐此不疲，日复一日，年复一年，从不懈怠。

老刘有个孩子，天生耳背。耳一背，人就显得有点儿憨。老刘的孩子却和老刘一样，对铁路十分痴迷——事后村里人说，与其说是孩子痴迷铁路，不如说是老刘的言传身教。孩子自小没了妈，老刘和孩子相依为命。自打老刘当上扳道员，老刘便天天把孩子带在身边。孩子就像老刘养的一条温顺的小狗，在铁轨上，老刘在前，孩子在后紧紧相随。

憨憨的孩子到了上学年龄，却不喜欢上学，老是逃学出来跟着老刘走铁轨，把老刘急得不行。一次，两次，次数多了，老刘便骂孩子赶孩子，甚至还打起孩子。孩子后来虽不敢再跟着老刘走铁轨，却还是常常逃课，自己出去走铁轨——拿着个木头丁字镐在铁轨上走走停停，敲敲枕木，看看路基，查查道钉，俨然老刘第二。当然，孩子被老刘赶的次数多了，学精了，老刘往东，孩子往西；老刘往西，孩子往东。父子俩很少在铁轨上相遇。

知子莫若父。老刘叹了几回气后，只好认命："龙生龙，凤生凤，老鼠生崽会打洞。"

往后，即便是老刘和孩子在铁轨上偶尔遇上了，老刘也不再骂他赶他打他。

那天，老刘从东线往回走，孩子却从扳道口往东线走，孩子异常认真地检查铁轨下的枕木、路基和道钉，全然没注意迎面走来的老刘。

"扳道工同志，辛苦了！"老刘和孩子说了句冷幽默，惊得孩子像小松鼠一样，飞也似的逃了。

"哎——"老刘长长叹了口气朝前走。走了一小段路，老刘回过头，孩子又回到了铁轨上。

"哎——"老刘又长长叹了口气，头摇得像拨浪鼓！

回到扳道房——那是老刘在道岔旁用杉木搭的简陋房，房里就一张木桌，一台电话，一把木椅，一个炉子，除此之外，狭小的扳道房里便再也放不下任何东西。走得口干舌燥的老刘拿起桌上的大水杯，往嘴里倒水——每天如此，巡完东线，大口喝水，稍稍歇歇，离列车到达道口约半个钟头，出房间，朝西走，去催促西线铁轨上热热闹闹摆摊和赶集的乡亲们——铁路开通后，因为列车少，铁轨周边又平整，乡亲们慢慢以铁轨为中心，摆摊卖山货，赶集看热闹。列车来前，老刘会提前过来通知大家先散了，等列车过后再回来摆卖。然后，老刘往回走，扳道岔，立正待车，微笑着目送列车远去⋯⋯每天如此，从不误事！

"丁零零——"水还没喝完，急促的电话声响起，老刘被含在嘴里的水噎得够呛！

"什么事啊?!"缓过劲来的老刘自言自语。

"怎么回事？打了无数次电话，都没人接？"电话一接通，对方劈头盖脸对老刘吼，"列车提前，马上到达，速扳好道，注意安全！"

"可是——"还没等老刘说完，对方已挂了电话。

这怎么回事？平日里过往的列车都很准点，今天怎么啦？离列车准点到达还有大半个钟头啊?！西线铁轨上正在热热闹闹摆摊和赶集的乡亲们还没来得及通知避让呢。

怎么办？老刘吓出了一身汗！

老刘急忙跑出扳道房，却傻眼了——列车已经钻出了山洞，朝道岔飞奔而来！

跑过去通知西线铁轨上的乡亲们避让！显然来不及了！

老刘连忙回房，提起扳道器出门。

这是一趟往西走的列车。按规定，铁轨必须往西扳。

站在道岔，老刘的腿不停地颤抖。

开锁,拔锁销,提手柄……老刘机械地操作着。

没通知乡亲们避让,往西,肯定要出大事!

老刘平日里熟练的扳道岔动作僵硬了。

往东人少,往东扳道!往东扳道的念头一闪,老刘的脸瞬间由红变青,由青变红——孩子此刻正在东线巡走啊!

列车马上就要到跟前,容不得再想了!

老刘迅速扳道岔,立即落槽,插锁销,加锁。

锁一落,列车就呼啸着过去。老刘却瘫倒在了道岔铁轨边。

"嘎——吱——"列车长发现走错了路,紧急刹车。

响彻云霄的刹车声没有惊醒正在认认真真巡走铁轨的老刘的孩子。

孩子永远地留在了东线铁路边。

老刘却因过错失去了工作,惹上了官司。

老刘官司了结回到村庄。村里人看天空,天空还是脸盆样;通往村庄的列车也还一天四趟,只是不再人工扳道了,自动扳道取代了人工扳道。

老刘在村里却逢人便嚷叫:往西,往西!

同 一 首 歌

我发现江医生与六号病人扯皮了。

这不应该啊!

六号病人因感染新冠肺炎住进我们医院。几天的接触,我感觉她是一位非常有礼貌又十分配合的友善阿姨。每天给她打针换药，为她做护理，手脚轻了重了，言语好点儿差点儿，她从不计较，总是微微笑着。告她若有需要，按铃求助，她点点头，从不按铃。她难得开金口，每天说得最多的是"谢谢"二字，以至我们护士们背地里叫她"谢谢阿姨"。护理六号病人的那些日子，不，救助新冠病人以来，是我收获人生最多"谢谢"的日子。

江医生不是我们医院的。是因为一场突如其来的新冠疫情，让我们走在了一起。大年三十晚上，家在广州的江医生，和全国各地许许多多的医护人员一道，逆行武汉，千里驰援，和我们并肩作战。江医生认真严谨，不苟言笑，虽然让我们心生怯意，但她高超的医术、雷厉风行的作风，又让我们无比敬佩。一个又一个经江医生治愈的患者出院时，无不对江医生感激涕零。江医生却一如给病人看病时的严肃，没有更多的话语，只有六个字，"遵医嘱，早康复"。

这么好的医生，这么配合的病人，真的不该扯皮啊！

我们负责的虽是普通病房，但很多病人刚从重症室转出来，医护压力大。那天是我和江医生值夜班，晚上查房，一切正常。十一点多，江医生休息前，照例又到各病房巡看。熄灯休息了的，江医生不让我去打扰他们。开灯的，江医生都会进去看看。到六床病房时，灯没熄，隔着门上的玻璃，我看到病人对着手机在唱歌：

"深夜花园里四处静悄悄，只有风儿在轻轻唱，夜色多么好，心儿多爽朗，在这迷人的晚上……"

六号病人的声音很轻，却十分悦耳。那一刻，欢快流畅的歌声让我忘记了这是在可怕的新冠病房里，我仿佛和心爱的男朋友置身深夜的公园里……

"能不唱吗?"江医生轻轻推开了房门说。江医生的声音虽小,却是冰冷又生硬。

歌声戛然而止。

公园没了,月光没了,男朋友没了。

"……"六号病人张了张嘴,无话。

江医生看也不看六号病人,迅速走出病房,好像那里会传染似的,一刻也不愿意多待。

我本想说,只要不影响他人休息,病人通过唱歌,调节自己的情绪,有利于康复啊! 看不清面罩和护眼镜后面江医生的脸,我却感觉到了江医生满脸的阴郁和冲出面罩的不悦,硬生生把话塞回肚子里,赶紧跟出来。

两天后,又是我和江医生值夜班。休息前,江医生又照例到各病房巡看。六床病房灯熄了,里面却还传出轻微的歌声:

"小河静静流微微翻波浪,水面映着银色月光。一阵轻风,一阵歌声,多么幽静的晚上……"

江医生突然一手隔着厚厚的隔离服捂住胸口,一手猛地推开了房门,开灯。

明晃晃的灯光照得屋里一片惨白。

六号病人像正在伸手扒窃而被抓了现行的小偷,不知所措。

"能不唱吗?"江医生的语气像恳求,听着却不容置疑。江医生说完快速离开。

"……"六号病人一脸惊恐,没吭声。

这是怎么啦? 江医生和病人扯皮了? 回到护士站,我一直在纳闷。

按铃声响了。十号病人点滴挂完,呼叫我去换。

我换好十号病人的药水,不急着回护士站,折身到六号病床。

灯熄了。手机屏幕的灯光照出六号病人风干了般的苹果脸。没了惊恐,六号病人一脸恬静,一脸幸福:

"我的心上人坐在我身旁,默默看着我不作声。我想对你讲,但又难为情,多少话儿留在心上……"

在可怕的新冠病房里,这是多么美妙的歌声!在深夜里,听这情歌的人,又是多么幸福!我轻手轻脚离开了六号病人,生怕打扰了她。

第二天早上,我给六号病人做完咽拭子检测后,由衷地赞叹,"阿姨您的歌声真好听!"

"谢谢!"六号病人的口头禅又来了。

"您唱给谁听?"我好奇。

"……"六号病人脸上闪过一丝红潮,迅疾没了。

"他(她)多幸福!"

"他也得了新冠!"六号病人终于开口了。她告诉我,老伴和她同时得了新冠,住在不同的医院,老伴每晚要听着她的《莫斯科郊外的晚上》才能入睡,"我们因这歌,相识相知相爱,我唱了大半辈子了!"

我想到了我的男朋友,眼睛湿了。

"能帮我和江医生说,我小声点儿,不影响别人,行吗?"六号病人恳求我。

我哽咽着,点了点头。

当我把六号病人的爱情故事,添油加醋地告诉江医生时,江医生静默了很久,不说话。

江医生这是怎么啦？江医生平常挂在嘴边的"医者仁心"哪儿去了呢？那一刻，我突然怨恨起江医生来了。

再和江医生一起值夜班，我极不情愿地陪她前去病房巡视。

有的病房关灯了，有的还没休息。走到六号病床门口，门和灯都关了，歌声却依旧从病房里轻轻地流出：

"长夜快过去天色蒙蒙亮，衷心祝福你好姑娘，但愿从今后，你我永不忘……"

这次，江医生没停下脚步，径直朝其他病房走去。

我心里轻轻舒了口气。好好唱吧！唱到病魔离去，亲人相聚的那一天。

如是几次，我和江医生值夜班，江医生没再阻拦，六号病人的歌声依旧。

随着疫情逐渐得到控制，入院的病人少了，出院的日益增多。在我们呼唤胜利时，六号病人出院了。

"谢谢！"出院时，六号病人朝江医生鞠了个躬。

送走六号病人的当晚，又是我和江医生值夜班。病人少了，江医生和我有空聊天。我才知道，江医生和六号病人一样，喜欢同一首歌，也喜欢给爱人唱这一首歌。只是，在那一年的非典中，同为医生的爱人在抢救病人时感染倒下了，再也听不到江医生的歌了。

也就从那时起，江医生一听到那首歌的旋律，就如得了肺炎般，心慌气闷。

在灯光如昼的隔离病区里，我努力克制着，护目镜还是起雾了。